Der Verlag tredition aus Hamburg veröffentlicht in der Reihe **TREDITION CLASSICS** Werke aus mehr als zwei Jahrtausenden. Diese waren zu einem Großteil vergriffen oder nur noch antiquarisch erhältlich.

Symbolfigur für **TREDITION CLASSICS** ist Johannes Gutenberg (1400 — 1468), der Erfinder des Buchdrucks mit Metalllettern und der Druckerpresse.

Mit der Buchreihe **TREDITION CLASSICS** verfolgt tredition das Ziel, tausende Klassiker der Weltliteratur verschiedener Sprachen wieder als gedruckte Bücher aufzulegen – und das weltweit!

Die Buchreihe dient zur Bewahrung der Literatur und Förderung der Kultur. Sie trägt so dazu bei, dass viele tausend Werke nicht in Vergessenheit geraten.

Eine Evatochter

Honoré de Balzac

Impressum

Autor: Honoré de Balzac
Übersetzung: Oppeln-Bronikowski
Umschlagkonzept: toepferschumann, Berlin

Verlag: tredition GmbH, Hamburg
ISBN: 978-3-8424-6782-8
Printed in Germany

Rechtlicher Hinweis:
Alle Werke sind nach unserem besten Wissen gemeinfrei und unterliegen damit nicht mehr dem Urheberrecht.

Ziel der TREDITION CLASSICS ist es, tausende deutsch- und fremdsprachige Klassiker wieder in Buchform verfügbar zu machen. Die Werke wurden eingescannt und digitalisiert. Dadurch können etwaige Fehler nicht komplett ausgeschlossen werden. Unsere Kooperationspartner und wir von tredition versuchen, die Werke bestmöglich zu bearbeiten. Sollten Sie trotzdem einen Fehler finden, bitten wir diesen zu entschuldigen. Die Rechtschreibung der Originalausgabe wurde unverändert übernommen. Daher können sich hinsichtlich der Schreibweise Widersprüche zu der heutigen Rechtschreibung ergeben.

Text der Originalausgabe

Honoré de Balzac

Eine Evatochter

Une Fille d'Eve, deutsch von Friedrich von Oppeln-Bronikowski

Es war in einem der schönsten Privathäuser der Rue Neuve des Mathurins, um halb zwölf Uhr abends. Zwei Damen saßen vor dem Kamin eines Boudoirs, dessen Wände mit dem zartschillernden, schmeichelnden blauen Samt ausgeschlagen waren, dessen Herstellung dem französischen Gewerbefleiß erst in den letzten Jahren gelang. Einer jener Tapezierer, die wahre Künstler sind, hatte die Türen und Fenster mit weichen Kaschmirvorhängen drapiert, deren Blau dem der Wandbekleidung entsprach. Eine mit Türkisen geschmückte silberne Lampe hing an drei schön gearbeiteten Ketten von einer hübschen Rosette an der Mitte der Decke herab. Das System dieser Ausstattung ist bis auf die kleinsten Einzelheiten durchgeführt, bis auf die Zimmerdecke aus blauer Seide mit weißen Kaschmirsternen, deren lange, gefältelte Streifen, durch Perlenschnüre gerafft, in gleichmäßigen Abständen auf die Wandbekleidung herabfallen. Ihre Ränder stoßen an das warme Gewebe eines flandrischen Wandteppichs, der dicht wie ein Rasen ist und auf dessen leingrauem Grunde blaue Blumensträuße prangen. Die Möbel, ganz aus Polisanderholz, nach den schönsten alten Mustern geschnitzt, beleben mit ihren reichen Tönen die Blässe dieser, wie ein Maler sagen würde, zu weichen Ausstattung. Die Rückenlehnen der Stühle und Lehnstühle zeigen dem Beschauer kleine Felder aus weißer, mit blauen Blumen durchwirkter Seide, die ein Holzrahmen aus fein geschnitztem Blattwerk umspannt. Beiderseits des Fensters sieht man Ständer mit kostbaren Nippsachen, den Blüten des Kunsthandwerks, die an der Sonne des Gedankens gediehen sind. Auf dem Kamin aus bläulichem Marmor stehen die seltsamsten Altmeißner Porzellane, Hirten, die mit zarten Sträußen in der Hand zu ewigen Hochzeiten schreiten, eine Art deutscher Chinaware, und in ihrer Mitte eine Stutzuhr aus Platin mit eingelegten Arabesken. Darüber glänzen die gerippten Schliffe eines Venezianischen Spiegels in einem Ebenholzrahmen mit Relieffiguren, der aus irgendeiner Königsresidenz stammt. Zwei Blumenständer bergen den kranken Luxus blasser, himmlischer Treibhausblumen, der Perlen der Botanik. In diesem kalten Boudoir, das so wohlgeordnet und blitzsauber war, als stände es zum Verkauf, war nichts von der launischen, mutwilligen Unordnung zu spüren, aus der das Glück spricht. Alles stimmte überein, denn die beiden Damen weinten. Alles in dem Zimmer schien zu leiden.

Der Name des Besitzers, Ferdinand du Tillet, eines der reichsten Pariser Bankiers, rechtfertigt den maßlosen Luxus des Hauses, von dem das Boudoir eine Probe ablegte. Obwohl ein Mann ohne Herkunft, ein Emporgekommener (Gott weiß, auf welche Weise!), hatte du Tillet 1831 die jüngere Tochter des Grafen Granville geheiratet, eines der berühmtesten Namen im französischen Richterstand, der nach der Julirevolution Pair von Frankreich geworden war. Diese Heirat aus Ehrgeiz hatte du Tillet dadurch erkauft, daß er im Ehekontrakt eine nicht erhaltene Mitgift quittiert hatte, die ebenso bedeutend war, wie die der älteren Schwester, die den Grafen Felix von Vandenesse geheiratet hatte. Diese Verbindung mit dem Haus Vandenesse hatten die Granvilles seinerzeit durch die Höhe der Mitgift erkauft. So hatte der Bankier die Lücke ausgefüllt, die der Edelmann in das Vermögen des Beamten gerissen hatte. Hätte der Graf von Vandenesse vorausgeahnt, daß er nach drei Jahren der Schwager eines Herrn Ferdinand und angeblichen du Tillet sein würde, er hätte seine Frau vielleicht nicht geheiratet. Aber wer hätte im Jahre 1828 die seltsamen Umwälzungen vorausgesehen, die die politische Verfassung, die Vermögensverhältnisse und die Moral Frankreichs erfahren sollten? Man hätte jeden für verrückt erklärt, der dem Grafen Felix von Vandenesse gesagt hätte, er würde bei diesem Umschwung seine Pairskrone verlieren und sie auf dem Kopf seines Schwagers wiederfinden.

Frau du Tillet saß aufgerichtet auf einem niedrigen Stuhl, einem sogenannten Kaminstuhl, in aufmerksamer Haltung und drückte in mütterlicher Zärtlichkeit die Hand ihrer Schwester, Frau Felix von Vandenesse, an ihre Brust oder führte sie bisweilen an die Lippen. In der Gesellschaft pflegte man vor ihren Familiennamen den Vornamen ihres Gatten zu setzen, zum Unterschied von ihrer Schwägerin, der Marquise und Gattin des früheren Gesandten Charles von Vandenesse, der die reiche Witwe des Grafen Kergarouet, eine geborene de Fontaine, zur Frau hatte. Halb auf ein Kanapee hingegossen, ein Taschentuch in der andern Hand, unterdrückte die Gräfin das Schluchzen, das ihr den Atem benahm, und mit feuchten Augen machte sie ihrer Schwester soeben Anvertrauungen, wie sie nur zwischen zwei sich liebenden Schwestern möglich sind; und diese zwei Schwestern liebten sich zärtlich. Wir leben in einer Zeit, wo zwei so eigenartig verheiratete Schwestern sich sehr wohl nicht lieben können. Der Historiker muß also die Gründe für diese Zärtlichkeit angeben, die sich trotz aller gegenseitigen Verachtung ihrer Gatten, trotz allen gesellschaftlichen Gegensätzen stark und rein erhalten hatte. Ein kurzer Überblick über ihre Kindheit wird ihr gegenseitiges Verhältnis erklären.

Sie waren in einem düstren Haus im Marais aufgewachsen, von einer frömmelnden, beschränkten Frau erzogen, die von ihren Pflichten durchdrungen war (so lautet der klassische Ausdruck) und die erste Aufgabe einer Mutter gegenüber ihren Töchtern erfüllt hatte. Als Marie Angelika und Marie Eugenie heirateten, die erste mit zwanzig, die zweite mit siebzehn Jahren, hatten sie noch nie den häuslichen Dunstkreis verlassen, über dem der Blick ihrer Mutter schwebte. Sie waren in kein Theater gegangen. Für sie waren die Pariser Kirchen das Theater. Kurz, ihre Erziehung zu Hause war so streng wie im Kloster. Als sie die erste Kindheit hinter sich hatten, schliefen sie in einem Zimmer neben dem Zimmer der Gräfin Granville, dessen Tür die ganze Nacht offen stand. Soweit sie ihre Zeit nicht mit Anziehen und Körperpflege, religiösen Pflichten oder Unterricht verbrachten, wie er sich für Mädchen aus vornehmem Hause geziemte, machten sie Handarbeiten für die Armen oder unternahmen Spaziergänge nach dem Muster der englischen Sonntagsspaziergänge, d. h. nach dem Grundsatz: »Wir wollen nicht so schnell gehen, sonst sieht es aus, als gingen wir zu unserm Vergnügen.« Ihre Bildung ging nicht über das hinaus, was ihre Beichtväter, unduldsame und streng jansenistische Geistliche, erlaubten. Nie kamen Frauen reiner und jungfräulicher in die Ehe. In diesem, allerdings recht wichtigen Punkt hatte ihre Mutter die Erfüllung all ihrer Pflichten gegen Gott und die Menschen erblickt.

Die beiden armen Geschöpfe hatten vor ihrer Ehe weder Romane gelesen, noch etwas anderes gezeichnet als Figuren, deren Anatomie einem Cuvier als Meisterstück des Unmöglichen erschienen wäre. Die Vorlagen waren derart gestochen, daß sie auch den Farnesischen Herkules zum Weibe machten. Diesen Zeichenunterricht erhielten sie bei einer alten Jungfer. Ein ehrwürdiger Priester unterwies sie in Grammatik, Französisch, Geschichte, Geographie und dem bißchen Rechnen, das die Frauen brauchen. Ihre Lektüre am Abend bestand in lautem Vorlesen erlaubter Bücher, wie der »Erbauungsbriefe« und der »Literaturstunden« von Noël, und zwar in Gegenwart des Seelsorgers ihrer Mutter, denn es konnten doch Stellen vorkommen, die ohne geschickte Erläuterungen ihre Phantasie erregt hätten. Fénélons »Telemach« erschien bereits bedenklich. Die Gräfin Granville liebte ihre Töchter so sehr, daß sie sie zu Engeln nach Art der Marie Alacoque machen wollte, aber die Töchter hätten eine weniger tugendstrenge und etwas liebenswürdigere Mutter lieber gehabt.

Diese Erziehung trug ihre Früchte. Als Joch auferlegt und in aller Strenge gehandhabt, ermüdete die Religion ihre jungen, unschuldigen Herzen mit ihren Pflichten, denn sie wurden wie Missetäterinnen behandelt. Sie unterdrückte ihre Empfindungen, und obwohl sie tiefe Wurzeln in ihren Herzen schlug, gewann sie sich doch keine Liebe. Die beiden Marien mußten entweder verblöden oder ihre Selbständigkeit herbeisehnen. Sie wünschten sich, zu heiraten, sobald sie eine Ahnung von der Welt hatten und ein paar Vorstellungen verknüpfen konnten, aber ihre rührende Anmut und ihre Herzensgüte blieb ihnen unbewußt. Sie kannten ihre eigene Reinheit nicht: wie sollten sie da das Leben kennen? Sie waren wehrlos gegen das Unglück und ohne Erfahrung, um das Glück schätzen zu können; so fanden sie in dem mütterlichen Kerker keinen anderen Trost als in sich selbst. Ihre sanften Anvertrauungen, die sie sich des Abends zuflüsterten, oder die paar Worte, die sie miteinander tauschten, wenn ihre Mutter sie für ein Weilchen verließ, enthielten manchmal mehr Gedanken, als Worte auszudrücken vermögen. Oft war ein heimlich gewechselter Blick, durch den sie sich ihre Empfindungen mitteilten, wie ein Gedicht von herber Schwermut. Der Anblick des wolkenlosen Himmels, der Blumenduft, ein Gang Arm in Arm durch den Garten bereitete ihnen unerhörte Wonnen. Die

Beendigung einer Stickerei machte ihnen eine harmlose Freude. Der Verkehr ihrer Mutter dagegen war weit entfernt, ihr Herz zu bereichern oder ihren Geist anzuregen. Er verdüsterte ihr Denken nur und trübte ihre Gefühle, denn er bestand nur aus steifen, trocknen, anmutlosen alten Damen, deren Unterhaltung sich um die Vorzüge der Prediger und Beichtväter drehte, um ihre kleinen Unpäßlichkeiten oder um die nichtigsten religiösen Ereignisse, die selbst der »Quotidienne« und dem »Religionsfreund« entgingen. Die Männer aber, mit denen ihre Mutter verkehrte, hätten die Fackel der Liebe ausgelöscht: so kalt, trüb und entsagensvoll waren ihre Gesichter. Sie standen alle in den Jahren, da die Männer mürrisch und grämlich werden, wo ihre Freuden sich auf die Tafel beschränken, und sie nur noch an Dinge des leiblichen Behagens denken. Die Selbstsucht der Frömmigkeit hatte diese Herzen ausgedörrt, die ganz ihrer Pflicht lebten und in frommen Übungen aufgingen. Einsilbige Kartenspiele erfüllten fast den ganzen Abend. Die beiden Kleinen, gleichsam in Acht und Bann bei diesem Synedrium, der die mütterliche Strenge unterstützte, haßten unwillkürlich diese trostlosen Menschen mit ihren hohlen Augen und mürrischen Gesichtern.

Vom Dunkel ihres Daseins hob sich kräftig eine einzige Männergestalt ab, die eines Musiklehrers. Die Beichtväter hatten entschieden, daß die Musik eine christliche Kunst sei, im Schoß der katholischen Kirche entstanden und von ihr entwickelt. Ein bebrilltes Fräulein, das im nächsten Kloster Gesang- und Klavierstunden gab, quälte sie mit Übungen. Als aber die Ältere zehn Jahre alt wurde, bestand Graf Granville darauf, einen Musiklehrer zu nehmen. Seine Gattin fügte sich notgedrungen, unterstrich aber die ganze Bedeutung ihres ehelichen Gehorsams, wie es ja die Art der Betschwestern ist, sich erfüllte Pflichten als Verdienst anzurechnen. Der Lehrer war ein deutscher Katholik, einer jener Männer, die zeitlebens alt sind, die stets fünfzig Jahre zählen, selbst mit achtzig. Sein hohles, runzliges, braunes Gesicht bewahrte etwas Kindliches und Harmloses in seinen dunklen Schatten. Das Blau der Unschuld belebte seine Augen, und das heitre Lächeln des Lenzes wohnte auf seinen Lippen. Seine ergrauten Haare, die wie die des Heilands natürlich gelockt und ungescheitelt waren, erhöhten sein schwärmerisches Aussehen und gaben ihm etwas Feierliches, das über seinen Charakter täuschte; hätte er doch mit der exemplarischsten Würde eine Torheit begangen. Seine Kleider waren eine notwendige Hülle, auf die er keinerlei Wert legte, denn seine Blicke streiften zu hoch in die Wolken, um sich mit irdischen Dingen zu befassen. So gehörte dieser große unbekannte Künstler denn zu der liebenswerten Klasse der Vergeßlichen, die ihre Zeit und ihre Seele anderen leihen, wie sie ihre Handschuhe auf allen Tischen liegen und ihre Schirme an allen Türen stehen lassen. Seine Hände gehörten zu denen, die auch nach dem Waschen schmutzig sind. Und sein alter Körper wackelte auf seinen alten gichtischen Beinen und bewies, wie sehr der Mensch das bloße Zubehör seiner Seele sein kann. Er gehörte zu jenen schnurrigen Geschöpfen, die nur ein Deutscher, Hoffmann, richtig schildern konnte – der Dichter dessen, was nicht zu leben scheint und dennoch lebt. Das war Schmuke, ein früherer Kapellmeister des Markgrafen von Ansbach, ein Gelehrter, der, als er von einem Rat der Frommen verhört wurde, ob er auch faste, am liebsten geantwortet hätte: »Seht mich doch an!« Aber wie kann man mit Betschwestern und jansenistischen Beichtvätern Scherze treiben?

Dieser unscheinbare Greis spielte im Leben der beiden Marien eine große Rolle. Sie faßten solche Vorliebe für den lauteren und großen Künstler, dem es genug war, seine Kunst zu verstehen, daß beide ihm nach ihrer Heirat eine Lebensrente von je 300 Franken aussetzten, eine Summe, die für seine Wohnung, sein Bier, seine Pfeife und seine Kleidung hinreichte. 600 Franken Rente und seine Stunden schufen ihm ein Eden. Schmuke hatte sein Elend und seine Wünsche nur den beiden anbetungswürdigen jungen Mädchen anzuvertrauen gewagt, diesen zwei Herzen, die unter dem Schnee mütterlicher Strenge und unter dem Eis der Frömmigkeit blühten. Das erklärt den ganzen Schmuke und die Kindheit der beiden Marien.

Später wußte kein Mensch, welcher Abbé, welche alte Betschwester den nach Paris verschlagenen Deutschen entdeckt hatte. Sobald die Hausmütter hörten, die Gräfin von Granville hätte für ihre Töchter einen Musiklehrer gefunden, wollten alle seinen Namen und seine Adresse wissen. Schmuke bekam dreißig Häuser im Marais. Sein später Erfolg drückte sich durch Schuhe mit bronzierten Stahlschnallen und Roßhaarsohlen sowie durch häufigeren Wechsel seiner Wäsche aus. Seine harmlose Fröhlichkeit, durch seine edle, verschämte Armut lange unterdrückt, brach wieder hervor. Er machte kleine geistreiche Bemerkungen. Wenn z. B. der Straßenschmutz durch einen Nachtfrost getrocknet war, sagte er: »Meine jungen Damen, heute nacht haben die Katzen den Pariser Schmutz gefressen,« aber er sagte das in einem deutsch-französischen Kauderwelsch: »Montemisselles, lè chas honte manché la grôttenne tan Bâri sti nouitte.« Befriedigt über diese Art von *Vergißmeinnicht*, das er den beiden Engeln darbot, nahm er beim Überreichen dieser Geistesblüten eine pfiffige, geistreiche Miene an, die den Spott entwaffnete. Er war so glücklich, ein Lächeln auf die Lippen seiner beiden Schülerinnen zu locken, deren unglückliches Dasein er durchschaut hatte, daß er sich freiwillig lächerlich gemacht hätte, wäre er es nicht von Natur gewesen. Aber sein Herz hätte auch den gewöhnlichsten Plattheiten etwas Neues gegeben; er hätte, nach einem schönen Wort des weiland Saint-Martin, mit seinem Lächeln auch den Schmutz vergoldet. Nach einem der edelsten Grundsätze der religiösen Erziehung gaben die beiden Marien ihrem Lehrer achtungsvoll das Geleit bis zur Haustür. Hier sagten ihm die beiden armen Dinger ein paar freundliche Worte, froh, diesen Mann beglücken zu können; konnten sie sich doch nur ihm gegenüber als Frauen erweisen. So wurde ihnen die Musik bis zu ihrer Verheiratung zum zweiten Leben, ebenso wie der russische Bauer seine Träume für Wirklichkeit und sein Leben für einen schlechten Traum halten soll. In ihrem Verlangen, sich all der Erbärmlichkeiten zu erwehren, die sie zu ersticken drohten, und um den ertötenden asketischen Vorstellungen zu entgehen, vertieften sie sich mit Feuereifer in die Schwierigkeiten der musikalischen Technik. Melodie, Harmonie und Komposition, diese drei Himmelstöchter, deren Chorus der alte, musiktrunkene katholische Satyr anführte, belohnten sie für ihre Mühen und umgaben sie mit ihrem schirmenden luftigen Reigen. Mozart, Beethoven, Haydn, Paësiello, Cimarosa, Hummel und die kleineren Talente erweckten in ihnen tausend Gefühle, die zwar die keusche Umfriedung ihrer verhüllten Herzen nicht überschritten, aber in die Schöpfung eindrangen, wo sie ihre Flügel machtvoll entfalteten. Hatten sie einige Stücke tadellos gespielt, so drückten sie sich die Hand, umarmten sich in lebhafter Begeisterung, und ihr alter Lehrer nannte sie seine heiligen Cäcilien. Erst mit sechzehn Jahren gingen die beiden Marien zum Tanzen in ein paar ausgesuchte Häuser und nur viermal im Jahre. Sie verließen den Rockschoß ihrer Mutter erst, nachdem sie Verhaltungsmaßregeln über ihr Benehmen gegenüber den Tänzern erhalten hatten und zwar so strenge, daß sie ihren Herren nur mit Ja oder Nein antworten konnten. Die Gräfin ließ ihre Töchter nicht aus den Augen und schien ihre Worte aus der Bewegung der Lippen zu erraten. Die armen Dinger trugen höchst schickliche Ballkleider, Musselinroben, die bis zum Kinn reichten, mit einer Unzahl von Rüschen überladen und mit langen Ärmeln. Diese Kleidung, die ihre Anmut verbarg und ihre Schönheit verhüllte, gab ihnen eine entfernte Ähnlichkeit mit ägyptischen Mumiensärgen. Immerhin tauchten aus diesen Kattunsäcken zwei entzückend schwermütige Gesichter hervor. Es ergrimmte sie, so oft bemitleidet zu werden. Welches weibliche Wesen, und sei es noch so keusch, möchte nicht Lust erregen? Keine gefährliche, ungesunde oder auch nur zweideutige Vorstellung befleckte also die Blütenweiße ihrer Gedanken. Ihre Herzen waren rein, ihre Hände furchtbar rot, sie platzten vor Gesundheit. Eva ging aus Gottes Händen nicht unschuldiger hervor, als die beiden Mädchen an dem Tage, wo sie das Elternhaus verließen, um zum Standesamt und zur Kirche zu fahren, mit der einfachen, aber furchtbaren Weisung, den Männern, mit denen sie in der Nacht schlafen oder wachen sollten, in allem zu Willen zu sein. Nach ihrer Meinung konnte es ihnen in dem fremden Hause, in das sie gebracht wurden, nicht schlechter ergehen, als in dem mütterlichen Kloster.

Warum schützte der Vater dieser beiden Mädchen, Graf Granville, dieser große, gelehrte und rechtschaffene Jurist (wenn ihn auch bisweilen die Politik fortriß) die beiden kleinen Geschöpfe nicht vor diesem zermalmenden Despotismus? Ach! Beide Gatten lebten infolge einer denkwürdigen Vereinbarung, die sie nach zehnjähriger Ehe schlossen, in ihrem eignen Hause voneinander getrennt. Der Vater hatte sich die Erziehung der Söhne vorbehalten und der Mutter die der Töchter überlassen. Die Anwendung dieses Bedrückungssystems erschien ihm bei Mädchen weit ungefährlicher als bei Männern. Die beiden Marien waren ja dazu bestimmt, eine Tyrannei, die der Liebe oder der Ehe, zu ertragen. Somit verloren sie dabei weniger als die Knaben, deren Verstand frei bleiben mußte und deren Charakter unter dem gewaltsamen Druck übertriebener religiöser Vorstellungen gelitten hätte. Von vier Opfern hatte der Graf wenigstens zwei gerettet.

Die Gräfin betrachtete ihre beiden Söhne, deren einer Staatsanwalt und der andere Richter werden sollte, als zu schlecht erzogen, um ihnen irgendeinen vertrauten Umgang mit ihren Schwestern zu gestatten. Der Verkehr der armen Kinder wurde streng überwacht. Zudem hütete sich der Graf wohl, als seine Söhne die Schule verlassen hatten, sie ans Haus zu fesseln. Sie kamen zwar hin, um mit der Mutter und den Schwestern zu frühstücken, dann aber unternahm der Vater mit ihnen irgend etwas, um sie zu zerstreuen. Restaurant, Theater, Museen, im Sommer eine Landpartie, dienten zu ihrer Erholung. Eine Ausnahme bildeten die großen Familientage, wie die Geburtstage der Eltern, der Neujahrstag oder die Verteilung der Schulpreise. Dann wohnten und schliefen beide Knaben im Elternhause, fühlten sich hier höchst verlegen und wagten ihre von der Gräfin bewachten Schwestern nicht zu umarmen. Und da die Mutter diese keinen Augenblick allein ließ, sahen die beiden armen Mädchen ihre Brüder so selten, daß irgendein Verhältnis zwischen ihnen sich nicht entwickeln konnte. An diesen Tagen hörte man bei jedem Anlaß die Frage: »Wo ist Angelika?« – »Was tut Eugenie?« – »Wo sind meine Kinder?« War von ihren beiden Söhnen die Rede, so erhob die Gräfin ihre kalten, erstorbenen Augen zum Himmel, als bäte sie Gott um Vergebung dafür, daß sie sie nicht dem Unglauben entrissen habe. Ihre Ausrufe, aber auch ihr Schweigen, wenn von ihnen die Rede war, kamen den kläglichsten Jeremiaden gleich und gaben den beiden Schwestern ganz falsche Begriffe: sie hielten ihre Brüder für verdorben und für ewig verloren. Als die jungen Leute achtzehn Jahre alt wurden, gab der Graf ihnen zwei Zimmer in seiner Wohnung. Er ließ sie unter der Obhut eines Advokaten, seines Sekretärs, Jura studieren und sie von ihm in die Geheimnisse ihres künftigen Berufes einweihen. Die beiden Marien lernten also ihre Brüder nur abstrakt kennen. Als sie heirateten, war der eine Staatsanwalt an einem fernen Gerichtshof, der andere Anfänger in der Provinz, und beide mußten wegen großer Prozesse der Hochzeit fern bleiben. In vielen Familien, wo ein inniges, einmütiges Familienleben, ein innerer Zusammenhalt zu herrschen scheint, geht es folgendermaßen zu. Die Brüder sind weit fort und mit ihrer Zukunft, ihrem Fortkommen beschäftigt, sie gehen im Staatsdienst auf, und die Schwestern sind in einen Wirbel von fremden Familieninteressen verstrickt. So leben alle Familienmitglieder ohne Zusammenhalt und vergessen einander. Das einzige, was sie zusammenhält, sind die schwachen Bande der Erinnerung – bis zu dem Augenblick, wo der Stolz sie zusammenruft, der Vorteil sie wieder vereinigt oder auch innerlich entzweit, wie sie es schon äußerlich sind. Eine Familie, die geistig und körperlich zusammen lebt, ist eine seltene Ausnahme. Das moderne Gesetz, das aus einer Familie mehrere macht, hat das schrecklichste aller Übel geschaffen: die Vereinzelung.

In der tiefen Einsamkeit, in der ihre Jugend verfloß, sahen Angelika und Eugenie ihren Vater nur selten. Übrigens erschien er in der großen Wohnung im Erdgeschoß, in der seine Frau wohnte, stets mit bedrückter Miene. Auch zu Hause bewahrte er den ernsten, feierlichen Ausdruck des auf seinem Richterstuhl sitzenden Juristen. Als die beiden Mädchen aus dem Alter des Spielzeugs und der Puppen herausgewachsen waren und vernünftig zu werden begannen, etwa mit zwölf Jahren, als sie über den alten Schmuke schon nicht mehr lachten, errieten sie das Geheimnis, das die Stirn des Grafen in Sorgenfalten legte, und erkannten unter seiner strengen Maske die Zeichen eines guten Herzens und eines freundlichen Charakters. Sie begriffen, daß er in seinem Hause der Religion das Feld geräumt hatte, daß er in seinen Erwartungen als Gatte getäuscht, in den zartesten Regungen seines Vatergefühls verletzt war: der Liebe des Vaters zu seinen Töchtern. Derartige Schmerzen versetzen junge Mädchen, die der Zärtlichkeit entwöhnt sind, in eigentümliche Erregung. Bisweilen, wenn er mit ihnen einen Gang durch den Garten machte, die Arme um ihre schmalen Hüften schlingend und mit ihren Kinderschritten gleichen Schritt haltend, blieb er mit ihnen in einem Gebüsch stehen und gab einer nach der andern einen Kuß auf die Stirn. Sein Mund, seine Augen, sein ganzer Ausdruck verrieten dann tiefstes Mitgefühl.

»Ihr seid nicht sehr glücklich, meine lieben Kleinen,« sagte er zu ihnen. »Aber ich werde euch bald verheiraten, und ich werde zufrieden sein, wenn ihr das Haus verlaßt.«

»Papa,« sagte Eugenie, »wir sind entschlossen, den ersten besten zu heiraten.«

»Das ist die Frucht eines solchen Systems!« rief er aus. »Man will Heilige erziehen und erzieht ...« Er vollendete den Satz nicht. Oft fühlten beide Mädchen die lebhafteste Zärtlichkeit aus den Abschiedsworten des Vaters oder aus seinen Blicken, wenn er zufällig mit ihnen speiste. Sie bedauerten diesen Vater, den sie so selten sahen, und wen man bedauert, den liebt man.

Diese strenge religiöse Erziehung war die Ursache für die Verheiratung der beiden Schwestern, die das Unglück zusammengeschweißt hatte. Viele heiratslustige Männer nehmen ja lieber ein Mädchen zur Frau, das im Kloster erzogen und mit Frömmigkeit übersättigt, als ein Mädchen, das in weltlichen Lehren aufgewachsen ist. Ein Mittelding gibt es nicht. Ein Mann muß entweder ein sehr erfahrenes Mädchen heiraten, das die Zeitungsannoncen gelesen und sich seinen Vers darauf gemacht hat, das mit tausend jungen Männern Walzer und Galopp getanzt hat, in alle Theater gegangen ist, Romane verschlungen hat, der ein Tanzmeister die Knie gelenkig gemacht hat, indem er sie gegen die seinen drückte, das nicht nach Religion fragt und sich seine eigene Moral geschaffen hat, – oder ein unwissendes, reines junges Mädchen, wie Marie Angelika und Marie Eugenie. Vielleicht ist die Gefahr bei beiden gleich groß. Und doch zieht die erdrückende Mehrzahl der Männer, die nicht im Alter von Molieres Arnolphe stehen, eine fromme Agnes einer künftigen Celimene vor.

Die beiden Marien waren klein und zart. Sie hatten den gleichen Wuchs, die gleichen Füße und Hände. Eugenie, die jüngere, war blond wie ihre Mutter. Angelika war dunkel wie ihr Vater. Aber beide hatten die gleiche Hautfarbe: jenes Perlmutterweiß, das den Reichtum und die Reinheit des Blutes verrät, eine Haut mit lebhaften Farben, die sich von ihr abheben wie von fleischigen Jasminblättern, gleich ihnen zart, glatt und weich anzufühlen. Eugenies blaue und Angelikas braune Augen hatten einen Ausdruck naiver Sorglosigkeit und ungewollten Staunens, der sich besonders in dem unbestimmten Schwimmen ihrer Pupillen auf dem flüssigen Weiß des Augapfels äußerte. Sie waren gut gewachsen; ihre etwas mageren Schultern sollten sich erst spät runden. Ihr so lange verhüllter Busen fiel durch seine Vollkommenheit auf, wenn ihre Gatten sie baten, für einen Ball ausgeschnittene Kleider anzulegen. Beide Frauen genossen dann jene reizende Scham, die diese ahnungslosen Geschöpfe erst im eigenen Hause und dann einen ganzen Abend lang erröten ließ.

In dem Augenblick, wo unsere Geschichte beginnt, als die Ältere weinte und sich von der Jüngeren trösten ließ, waren beider Hände und Arme milchweiß geworden. Beide hatten ein Kind genährt, die eine einen Knaben, die andere ein Mädchen. Die Mutter, die Eugenie für sehr mutwillig hielt, hatte ihr gegenüber ihre Wachsamkeit und Strenge verdoppelt. In den Augen dieser gefürchteten Mutter erschien die edle und stolze Angelika als eine Seele voll hoher Begeisterung, die sich allein beschützen würde, wogegen es ihr nötig erschien, die muntere Eugenie im Zaum zu halten. Es gibt reizende Wesen, Stiefkinder des Schicksals, denen alles im Leben gelingen müßte und die doch unglücklich leben und sterben, die von einem bösen Geiste geplagt werden und den unerwartetsten Umständen zum Opfer fallen. So war die harmlose, lustige Eugenie dem boshaften Despotismus eines Emporkömmlings verfallen, nachdem sie das mütterliche Gefängnis verlassen hatte. Angelika dagegen, die zu großen Herzenskämpfen gerüstet war, wurde in die hohen Sphären der Pariser Gesellschaft verschlagen und trug den Zügel im Nacken. Offenbar war Frau von Vandenesse unter der Last von Schmerzen zusammengebrochen, die für ihre, nach sechsjähriger Ehe noch harmlose Seele zu schwer waren. Mit angezogenen Beinen und geknicktem Körper lag sie in ihrem Kanapee, den Kopf wie geistesabwesend auf die Lehne geneigt. Sie war nach kurzem Besuch des italienischen Theaters zu ihrer Schwester geeilt. In ihren Haarflechten hafteten noch einige Blumen; andere lagen verstreut auf dem Teppich neben ihren Handschuhen, ihrem seidenen, mit Pelzwerk verbrämten Umhang, ihrem Muff und ihrem Hütchen. Tränen schimmerten zwischen den Perlen auf ihrer weißen Brust. Ihre feuchten Augen deuteten auf seltsame Anvertrauungen. War das inmitten all dieses Luxus nicht furchtbar? Die Gräfin hatte nicht den Mut zu sprechen.

»Armes Liebchen,« sagte Frau du Tillet, »welchen falschen Begriff hast du von meiner Ehe, daß du auf den Einfall kamst, mich um Hilfe zu bitten!«

Der heftige Sturm, den die Gräfin im Busen ihrer Schwester entfesselt hatte, lockte diese Worte aus ihrem Herzensgrunde hervor, wie die Schneeschmelze die festesten Steine aus dem Bett eines Gießbaches hochreißt. Als sie dies Geständnis vernahm, blickte sie die Bankiersfrau stumpf an. Die Glut des Schreckens dörrte ihre Tränen und ihre Augen blieben starr.

»Bist du denn auch in einem Abgrund, mein Engel?« fragte sie leise.

»Meine Leiden werden deine Schmerzen nicht stillen.«

»Erzähle sie mir, liebes Kind. Ich bin noch nicht so selbstsüchtig, um dir nicht zuzuhören. Wir leiden also wieder gemeinsam, wie in unserer Mädchenzeit?«

»Aber wir leiden getrennt,« entgegnete die Bankiersfrau schwermütig. »Wir leben in zwei feindlichen Lagern. Ich gehe in die Tuilerien, seit du nicht mehr hingehst. Unsere Gatten gehören zwei entgegengesetzten Parteien an. Ich bin die Frau eines ehrgeizigen Bankiers, eines schlechten Menschen, mein Schätzchen! Du hast einen guten, edlen, hochherzigen Mann.«

»Oh! keine Vorwürfe,« versetzte die Gräfin.

»Um sie zu verdienen, müßte eine Frau den Kummer eines trüben, farblosen Daseins ausgekostet haben und davon befreit sein, um ins Paradies der Liebe einzugehen. Sie müßte das Glück kennen, das man zeitlebens bei einem andern fände, müßte an den unendlichen Gefühlen einer Dichterseele teilnehmen, ein Doppelleben führen, mit dem Geliebten durch den Weltraum fliegen, mit ihm die Welt der Ehrsucht durchmessen, seinen Kummer mitleiden, auf den Flügeln seiner grenzenlosen Sehnsüchte emporsteigen, auf einer ungeheuren Bühne agieren – und zugleich in den Augen der beobachtenden Welt kalt und heiter erscheinen. Ja, meine Liebe, man muß oft ein ganzes Meer in seinem Herzen tragen und dabei, wie wir jetzt, zu Hause auf einem Lehnstuhl beim Feuer sitzen. Und doch, welches Glück, in jedem Augenblick einen ungeheuren Anteil zu nehmen, der alle Fibern des Herzens vervielfältigt und weitet, gegen nichts kalt zu sein, in raschem Laufe mitgerissen zu werden und aus der Menge ein Auge aufleuchten zu sehen, vor dem die Sonne erblaßt, jeden Aufenthalt als Störung zu empfinden und Lust zu haben, einen lästigen Menschen zu töten, der uns einen jener seltenen Augenblicke raubt, wo das Glück auch in den kleinsten Adern pocht. Welcher Rausch, endlich zu leben! Ach, Liebste, leben, wo so viele Frauen auf den Knien um Gefühle betteln, die vor ihnen entfliehen! Bedenke, Kind, daß es für solche Gedichte nur eine Zeit gibt, die Jugend. In ein paar Jahren kommt der Winter, der Frost. Ach, besäßest du diese lebendigen Schätze des Herzens und ihr Verlust drohte dir ...«

Frau du Tillet hatte entsetzt ihr Gesicht in den Händen verborgen, als sie diese furchtbare Litanei hörte.

»Ich habe nicht daran gedacht, dir den mindesten Vorwurf zu machen, meine Liebste,« sagte sie endlich, als sie heiße Tränen über das Gesicht ihrer Schwester rollen sah.

»Du wirfst in einem Augenblick mehr Feuerbrände in meine Seele, als meine Tränen auslöschen könnten. Ja, das Leben, das ich führe, könnte in meinem Herzen die Liebe rechtfertigen, die du mir eben geschildert hast. Ich möchte glauben, wenn wir uns öfter gesehen hätten, stände es mit uns anders als jetzt. Hättest du meine Leiden gekannt, du hättest dein Glück richtig eingeschätzt, hättest mich vielleicht zum Widerstand ermutigt, und ich wäre jetzt glücklicher. Dein Unglück ist ein unglücklicher Zufall, dem ein anderer Zufall abhelfen wird. Ich dagegen lebe in stetem Unglück. Für meinen Mann bin ich der Kleiderständer seines Luxus, das Aushängeschild seines Ehrgeizes, eine seiner befriedigten Eitelkeiten. Er besitzt für mich weder wahre Zuneigung noch Vertrauen. Ferdinand ist hart und glatt wie dieser Marmor,« sagte sie, an den Kaminmantel schlagend.

»Er mißtraut mir. Alles, was ich für mich erbitten könnte, ist im voraus abgeschlagen, aber was ihm schmeichelt und seinen Reichtum verkündet, brauche ich mir nicht erst zu wünschen. Er stattet meine Zimmer aus, vergeudet Riesensummen für meine Tafel. Meine Leute, meine Theaterlogen, alles Äußere ist vom feinsten Geschmack. Seine Eitelkeit spart nichts. Er würde die Windeln seiner Kinder mit Spitzen besetzen, aber er hört ihre Schreie nicht, errät ihre Bedürfnisse nicht. Verstehst du mich? Ich bin mit Diamanten behängt, wenn ich zu Hofe gehe; in der Stadt trage ich die kostbarsten Sachen, aber für mich habe ich keinen Heller. Frau du Tillet, auf die man vielleicht neidisch ist, die im Golde zu schwimmen scheint, verfügt über keine hundert Franken. Wenn der Vater sich nicht um seine Kinder kümmert, dann noch viel weniger um ihre Mutter! Ach, er hat es mich recht roh fühlen lassen, daß er mich gekauft hat, daß meine Mitgift, über die ich nicht verfüge, ihm entrissen ist. Käme es nur darauf an, Macht über ihn zu gewinnen, vielleicht könnte ich ihn gefügig machen. Aber ich unterliege einem fremden Einfluß, dem Einfluß einer Frau von über fünfzig Jahren, die Ansprüche macht und herrscht, der Witwe eines Notars. Ich fühle es, ich werde erst bei ihrem Tode frei sein.

»Hier ist mein Leben geregelt wie das einer Königin. Man schellt zu meinen Mahlzeiten wie in deinem Schloß. Unfehlbar fahre ich zu einer bestimmten Stunde ins Bois. Ich werde stets von zwei Lakaien in voller Livree begleitet und muß stets zur gleichen Stunde zurück sein. Statt Befehle zu geben, erhalte ich sie. Beim Ball, im Theater kommt ein Lakai zu mir und sagt: »Gnädige Frau, der Wagen ist vorgefahren.« Und oft muß ich mitten in meinem Vergnügen fort. Ferdinand würde böse werden, wenn ich mich der für seine Frau festgesetzten Etikette nicht fügte, und ich habe Angst vor ihm. Mitten in diesem verfluchten Luxus sehne ich mich zurück und finde, daß unsere Mutter eine gute Mutter war. Sie ließ uns wenigstens die Nächte, und ich konnte mit dir plaudern. Kurz, ich lebte mit einem Wesen, das mich liebte und mit mir litt. Hier dagegen, in diesem prunkvollen Hause, bin ich in einer Wüste.«

Bei diesem schrecklichen Geständnis ergriff die Gräfin ihrerseits die Hand ihrer Schwester und küßte sie unter Tränen.

»Wie kann ich dir helfen?« fragte Eugenie leise.

»Wenn er uns überraschte, schöpfte er Mißtrauen und verlangte zu wissen, was du mir seit einer Stunde erzählt hast. Dann müßte man lügen, und das ist bei einem schlauen und verschlagenen Mann schwer, er würde mir Fallen stellen. Aber lassen wir mein Unglück und denken wir an dich. Deine 40 000 Franken, Liebste, wären nichts für Ferdinand, der mit einem andern Großbankier, dem Baron von Nucingen, Millionen verdient. Manchmal bin ich bei Diners zugegen, wo sie sich Dinge sagen, bei denen man schaudert. Du Tillet kennt meine Verschwiegenheit, und so wird in meiner Gegenwart frei gesprochen; meines Schweigens ist man ja sicher. Nun, mir scheinen Morde auf der Landstraße noch Akte der Nächstenliebe im Vergleich mit gewissen Finanzplänen. Nucingen und er leben davon, daß sie andere zugrunde richten, wie ich von ihrer Verschwendung lebe. Bisweilen besuchen mich arme Opfer, von denen ich tags zuvor gehört habe, was ihnen bestimmt ist, und die sich zu Geschäften hergeben, in denen sie ihr Vermögen lassen sollen. Dann habe ich Lust, wie ein Leonardo in der Räuberhöhle zu ihnen zu sagen: ›Sehen Sie sich vor!‹ Aber was sollte dann aus mir werden? Ich schweige. Dies Prunkhaus ist eine Mördergrube. Und du Tillet und Nucingen werfen die Tausendfrankscheine zur Befriedigung ihrer Launen mit vollen Händen hinaus. Ferdinand kauft in Le Tillet die Stätte des alten Schlosses, um ein neues zu bauen. Er will einen Wald und herrliche Domänen dazu kaufen. Sein Sohn soll Graf werden und im dritten Geschlecht will er adlig sein. Nucingen ist seines Hauses in der Rue St. Lazare überdrüssig und baut sich einen Palast. Seine Frau ist mit mir befreundet ... Ach!« rief sie aus,»sie kann uns von Nutzen sein. Sie ist ihrem Manne gegenüber dreist, sie hat freie Verfügung über sein Vermögen, sie wird dich retten.«

»Liebe Kleine, ich habe nur noch ein paar Stunden. Gehen wir heute abend zu ihr, sofort,« sagte Frau von Vandenesse, indem sie sich in die Arme ihrer Schwester warf und in Tränen ausbrach. »Wie kann ich um elf Uhr abends ausgehen?« »Ich habe meinen Wagen.«

»Was für ein Komplott schmiedet ihr da?« fragte du Tillet, die Tür des Boudoirs öffnend. Er zeigte den beiden Schwestern ein harmloses Gesicht, das von falscher Liebenswürdigkeit strahlte. Die Teppiche hatten seine Schritte gedämpft, und die beiden Damen waren derart miteinander beschäftigt, daß sie das Vorfahren seines Wagens nicht gehört hatten. Bei der Gräfin waren Geist und Klugheit durch das Leben in der großen Welt und die Freiheit, die Felix ihr ließ, entwickelt worden, während sie bei ihrer Schwester durch die Tyrannei ihres Gatten, die der mütterlichen Tyrannei gefolgt war, unentwickelt geblieben waren. Sie sah, daß Eugenie sich durch ihr Erschrecken fast verriet, und rettete sie durch eine kecke Antwort.

»Ich hielt meine Schwester für reicher als sie ist,« antwortete sie, ihren Schwager anblickend. »Die Frauen befinden sich manchmal in Verlegenheiten, die sie ihren Männern nicht sagen mögen, wie Josefine bei Napoleon, und ich hatte sie um eine Gefälligkeit gebeten.«

»Die kann sie dir leicht erweisen, Schwägerin. Eugenie ist sehr reich,« antwortete du Tillet mit süßlicher Schärfe.

»Nur für dich, Schwager,« entgegnete die Gräfin mit bittrem Lächeln.

»Was brauchst du?« fragte du Tillet. Ihm war es nicht unlieb, seine Schwägerin in sein Garn zu ziehen.

»Dummkopf, sagte ich dir nicht, daß wir uns unsern Männern gegenüber nicht bloßstellen wollen?« erwiderte Frau von Vandenesse mit Bedacht. Sie begriff, daß sie sich dem Manne auslieferte, dessen Charakterbild ihre Schwester ihr zum Glück entworfen hatte. »Ich werde Eugenie morgen besuchen.«

»Morgen?« wiederholte der Bankier frech. »Nein, meine Frau speist morgen bei einem künftigen Pair von Frankreich, dem Baron von Nucingen, der mir seinen Platz in der Deputiertenkammer abtritt.«

»Erlaubst du ihr nicht, meine Loge in der Oper anzunehmen?« fragte die Gräfin, ohne einen Blick mit ihrer Schwester zu tauschen; so sehr fürchtete sie, daß diese ihr Geheimnis verriete.

»Sie hat ihre eigene,« versetzte du Tillet verletzt.

»Nun, dann sehe ich sie da wieder,« entgegnete die Gräfin.

»Das wäre das erstemal, daß du uns diese Ehre erweist,« bemerkte du Tillet.

Die Gräfin fühlte den Vorwurf und begann zu lachen.

»Beruhige dich,« sagte sie. »Diesmal soll es dich nichts kosten. Lebewohl, Liebste.«

»Unverschämtheit!« schrie du Tillet und las die Blumen auf, die aus dem Haarputz der Gräfin gefallen waren. »Du müßtest dir an Frau von Vandenesse ein Muster nehmen,« sagte er zu seiner Frau. »Ich wünschte, du wärest in Gesellschaft so dreist, wie deine Schwester es eben hier war. Du hast etwas Spießiges und Albernes an dir, das mich zur Verzweiflung bringt.«

Statt jeder Antwort blickte Eugenie gen Himmel. »Nun, Madame, was habt ihr beiden denn hier getrieben?« fragte der Bankier nach einer Pause und zeigte ihr die Blumen. »Was geht vor, daß deine Schwester morgen in deine Loge kommen will?«

Die arme Sklavin brauchte die Ausrede, daß sie müde sei, und wollte hinaus, um sich auskleiden zu lassen, denn sie fürchtete ein Verhör. Da packte du Tillet seine Frau am Arme, stellte sie vor sich ins Licht der Kerzen, die in einem silbernen Armleuchter zwischen zwei köstlichen Blumensträußen brannten, und bohrte seine hellen Blicke in die seiner Frau.

»Deine Schwester war bei dir, um sich 40 000 Franken zu borgen, die ein Mann braucht, für den sie sich interessiert und der in drei Tagen wie ein Wertobjekt in der Rue Clichy hinter Schloß und Riegel sein wird,« sagte er kalt.

Die Ärmste unterdrückte ein nervöses Zittern, das sie befiel.

»Du hast mich erschreckt,« sagte sie. »Aber meine Schwester ist zu gut erzogen und liebt ihren Gatten zu sehr, um sich derart für einen Mann zu interessieren.«

»Im Gegenteil,« erwiderte er trocken. »Die Frauen, die wie ihr im Zwang und in den Pflichten der Religion erzogen sind, dürsten nach Freiheit, sehnen sich nach Glück, und das Glück, das sie wirklich haben, ist nie so groß und so schön wie das erträumte. Solche Mädchen werden schlechte Frauen.« »Rede von mir,« sagte die arme Eugenie mit bittrem Spott, »aber laß meine Schwester aus dem Spiel. Gräfin Vandenesse ist zu glücklich und ihr Gatte läßt ihr zu viel Freiheit, als daß sie nicht an ihm hinge. Wenn dein Verdacht übrigens zuträfe, hätte sie es mir nicht gesagt.«

»Es ist so,« entschied du Tillet. »Ich verbiete dir, dich irgendwie an der Sache zu beteiligen. Mir liegt daran, daß der Mensch ins Gefängnis kommt. Das laß dir gesagt sein.«

Frau du Tillet ging hinaus.

»Sie wird mir sicherlich ungehorsam sein, und wenn ich auf sie aufpasse, kann ich alles herauskriegen, was sie tun werden,« sagte du Tillet bei sich, als er allein im Boudoir blieb. »Die armen Närrinnen wollen es mit uns aufnehmen!« Er zuckte die Achseln und folgte seiner Frau, oder besser seiner Sklavin.

Die Anvertrauung, die Frau Felix von Vandenesse ihrer Schwester gemacht hatte, hing mit so vielen Einzelheiten ihres Lebens seit sechs Jahren zusammen, daß sie ohne eine kurze Darstellung seiner Hauptereignisse unverständlich wäre.

Zu den hervorragenden Menschen, die ihr Schicksal der Restaurationszeit verdankten, aber von den damaligen Machthabern zu ihrem eignen Unglück den Regierungsgeheimnissen ferngehalten wurden, gehörte neben Martignac auch Felix von Vandenesse, der mit mehreren anderen in den letzten Tagen Karls X. in die Pairskammer abgeschoben wurde. Diese Ungnade, die in seinen Augen freilich nur vorübergehend war, brachte ihn auf den Gedanken zu heiraten. Er tat es wie so viele aus Überdruß an galanten Abenteuern, den wilden Blüten der Jugend. Es kommt schließlich einmal ein Augenblick, da das menschliche Dasein in seinem ganzen Ernste erscheint. Felix von Vandenesse war abwechselnd glücklich und unglücklich gewesen, freilich öfter unglücklich als glücklich, wie alle, die die Liebe seit ihrem Eintritt in die große Welt in ihrer schönsten Gestalt kennengelernt haben. Solche bevorrechteten Wesen werden wählerisch. Wenn sie erst das Leben kennengelernt und Charakterstudien getrieben haben, begnügen sie sich mit einem Ungefähr und finden ihre Zuflucht in völliger Nachsicht. Man täuscht sie nicht mehr, denn sie lassen sich nicht mehr enttäuschen, aber sie hüllen ihre Resignation in Anmut. Da sie auf alles gefaßt sind, leiden sie weniger. Immerhin konnte Felix noch für einen der hübschesten und angenehmsten Männer in Paris gelten. Etwas besonders empfahl ihn bei den Damen; das war eins jener edlen Geschöpfe dieses Zeitalters, das aus Schmerz und Liebe zu ihm gestorben sein sollte; aber seine eigentliche Bildung hatte er durch die schöne Lady Dudley erhalten. In den Augen vieler Pariserinnen verdankte Felix, der eine Art Romanheld war, mehrere Eroberungen dem Bösen, das man ihm nachsagte. Frau von Manerville hatte die Reihe seiner Abenteuer beschlossen. Ohne ein Don Juan zu sein, brachte er aus der Welt der Liebe die gleiche Enttäuschung heim, wie aus der politischen Welt. Er war daran verzweifelt, das Ideal der Frau und der Leidenschaft je wiederzufinden, nachdem ihm dessen Urbild zu seinem Unglück gestrahlt hatte. Mit dreißig Jahren beschloß Graf Felix, den Kümmernissen, die ihm seine Eroberungen bereitet hatten, durch eine Heirat ein Ende zu machen.

Eins stand bei ihm fest. Er wollte ein junges Mädchen haben, das in den strengsten Lehren des Katholizismus erzogen war. Er brauchte nur zu hören, wie die Gräfin Granville ihre Töchter erzog, um die Hand der älteren zu erbitten. Auch er hatte die Tyrannei einer Mutter erfahren. Er entsann sich noch lebhaft genug seiner grausamen Jugend, um durch die Verhüllungen des weiblichen Schamgefühls hindurch zu erkennen, was unter diesem Joch aus dem Herzen eines jungen Mädchens geworden war, ob es verbittert, verhärmt, empört, oder ob es friedfertig und liebenswürdig geblieben und bereit war, sich schönen Gefühlen zu öffnen. Die Tyrannei hat ja zwei entgegengesetzte Wirkungen, die sich in zwei großen Gestalten des antiken Sklaventums symbolisieren: Epiktet und Spartakus, Haß und schlimme Gefühle einerseits, Entsagung und christliche Liebe andrerseits. Graf Vandenesse erkannte sich selbst in Maria Angelika von Granville wieder. Als er ein naives, unschuldiges und reines Mädchen freite, hatte er als junger Greis, der er war, im voraus beschlossen, die Gefühle eines Vaters mit denen eines Gatten zu verbinden. Sein Herz war, das fühlte er, von der Welt und von der Politik ausgedörrt; er wußte, daß er für ein junges Leben die Reste eines verbrauchten Lebens in Tausch gab. Den Blumen des Frühlings wollte er das Eis des Winters gesellen, die alternde Erfahrung mit der schmucken, sorglosen Unerfahrenheit gatten. Als er sich derart über seine Stellung völlig im klaren war, bezog er die Winterquartiere der Ehe mit reichlichen Vorräten.

Nachsicht und Vertrauen waren die beiden Anker, die er auswarf. Die Hausmütter sollten sich solche Männer für ihre Töchter aussuchen! Der Geist gleicht einer Schutzgottheit, die Enttäuschung ist scharfblickend wie ein Chirurg, die Erfahrung vorausschauend wie eine Mutter. Diese drei Eigenschaften sind die Kardinaltugenden der Ehe. Der gewählte Geschmack, die feinen Genüsse, die Felix von Vandenesse als eleganter Mann und Liebling der Frauen gelernt hatte, die Erfahrungen der hohen Politik, die Beobachtungen seines Lebens, das abwechselnd in Arbeit, Nachsinnen und Lektüre bestand, alle seine Kräfte dienten dazu, seine Frau zu beglücken, und er bot seinen ganzen Geist dazu auf.

So gelangte Maria Angelika aus dem mütterlichen Fegefeuer stracks in das eheliche Paradies, das ihr Felix in der Rue du Rocher eingerichtet hatte. In diesem Hause hatten die geringsten Dinge einen aristokratischen Duft, ohne daß der Firnis der guten Gesellschaft das harmonische Sichgehenlassen hinderte, das sich junge liebende Menschen so wünschen. Maria Angelika genoß zunächst die Freuden des Wohlstandes bis auf die Neige. Ihr Gatte machte sich zwei Jahre lang zu ihrem Haushofmeister. Er erklärte seiner Frau langsam und mit großem Geschick alle Verhältnisse des Lebens, weihte sie Schritt für Schritt in die Geheimnisse der hohen Gesellschaft ein, brachte ihr die Genealogie aller adligen Häuser bei, lehrte sie die Welt kennen, war ihr Berater in der Kunst der Toilette und der Unterhaltung, führte sie von Theater zu Theater, ließ sie einen Literatur- und Geschichtskursus durchmachen. Diese Erziehung vollendete er mit der Sorgfalt des Liebhabers, des Vaters, des Herrn und Gatten. Doch hielt er in wohlverstandener Mäßigung mit den Freuden und Lehren Haus, ohne die religiösen Vorstellungen zu vernichten. Kurz, er führte sein Unternehmen mit vollendeter Meisterschaft durch.

Nach Verlauf von vier Jahren hatte er zu seiner Genugtuung die Gräfin von Vandenesse zu einer der liebenswürdigsten und hervorragendsten Frauen der Neuzeit gemacht. Maria Angelika hegte für Felix genau das Gefühl, das er ihr einzuflößen wünschte: wahre Freundschaft, vollempfundene Dankbarkeit und schwesterliche Liebe, die sich zur rechten Zeit mit edler und würdiger Zärtlichkeit mischte, wie sie zwischen Mann und Frau herrschen soll. Sie wurde Mutter und war eine gute Mutter. Felix fesselte seine Frau also durch alle möglichen Bande an sich, ohne daß er sie zu knebeln schien. Von den Reizen der Gewohnheit erhoffte er sich ein wolkenloses Glück. Solche Weisheit und ein solches Verfahren ist nur für Männer möglich, die das Leben von Grund aus kennen und den Zirkel der Enttäuschungen in der Politik wie in der Liebe durchmessen haben. Zudem hatte Felix an seinem Werk eine echte Künstlerfreude, genau wie ein Maler, ein Schriftsteller, ein Baumeister, der ein Denkmal aufrichtet. Ja, er genoß es doppelt, indem er sich seinem Werk widmete und den Erfolg sah, indem er seine erfahrene und naive, geistreiche und natürliche, liebenswürdige und keusche Frau bewunderte, die, junges Mädchen und Mutter zugleich, völlig frei und doch gefesselt war. Die Geschichte der glücklichen Ehen gleicht der Geschichte der glücklichen Völker. Sie läßt sich in zwei Zeilen schreiben und hat nichts von Literatur. Und da das Glück sich nur durch sich selber erklären läßt, so können diese vier Jahre nichts liefern, was nicht zart ist wie das Leingrau ewiger Liebe, fad wie Manna und nicht unterhaltender als ein Schäferroman.

Im Jahre 1833 drohte das Gebäude des Glückes, das Felix gezimmert hatte, einzustürzen. Es war in seinen Grundfesten erschüttert, ohne daß er es ahnte. Das Herz einer fünfundzwanzigjährigen Frau ist nicht mehr das gleiche, wie das eines achtzehnjährigen Mädchens, ebenso wie das Herz einer Vierzigjährigen nicht das der Dreißigjährigen ist. Es gibt vier Lebensalter im Frauenleben. Jedes Alter schafft eine neue Frau. Sicherlich kannte Vandenesse die Gesetze dieser Veränderungen, die Folgen unsrer heutigen Sitten, aber er vergaß sie bei sich selbst, wie der beste Grammatiker die Regeln vergessen kann, wenn er ein Buch schreibt, wie der größte Feldherr sich im Drange der Schlacht von den Zufällen der Kriegslage hinreißen läßt, ein unumstößliches Gesetz der Kriegskunst zu vergessen. Ein Mensch, der den Gedanken fortwährend in die Tat umsetzen kann, ist ein Genie, aber auch der genialste Mensch entwickelt nicht stets das gleiche Genie, sonst wäre er zu gottähnlich. Nach vier Jahren eines Lebens ohne seelische Erschütterungen, ohne ein Wort, das den geringsten Mißton in dies sanfte Gefühlskonzert gebracht hätte, als die Gräfin sich wie eine schöne Pflanze in gutem Boden voll entwickelt hatte und unter den Liebkosungen einer wohltätigen Sonne gedieh, die an einem ewig blauen Himmel strahlte, geschah es, daß sie sich sozusagen auf sich selbst besann.

Diese Krisis ihres Lebens, der Gegenstand der vorhin geschilderten Szene, wäre ohne Erklärungen unbegreiflich. Nur durch sie läßt sich vielleicht in den Augen der Frauen das Unrecht der jungen Gräfin mildern, die ebenso glücklich als Gattin wie als Mutter war, ein Unrecht, das auf den ersten Blick unentschuldbar erscheinen muß.

Leben entsteht aus dem Gegenspiel zweier Grundtriebe; fehlt der eine, so leidet der andre. Indem Vandenesse alle Wünsche befriedigte, unterdrückte er das Verlangen, die Krone der Schöpfung, das eine ungeheure Fülle von Seelenkräften ins Werk setzt. Die äußerste Glut, das tiefste Unglück, das vollkommene Glück, alles Unbedingte herrscht in unfruchtbaren Gebieten. Sie wollen allein sein und ersticken alles, was nicht wie sie ist. Vandenesse war keine Frau, und allein die Frauen verstehen die Kunst, Abwechslung in das Glück zu bringen. Daher ihre Gefallsucht, ihr Neinsagen, ihre Streitlust und die klugen, geistvollen Torheiten, mit denen sie heute etwas in Frage stellen, was gestern keinerlei Schwierigkeit bot. Männer können durch ihre Beständigkeit langweilen, Frauen nie. Vandenesse war ein zu grundgütiger Charakter, um eine geliebte Frau absichtlich zu quälen; er trug sie in die blaueste, wolkenloseste Unendlichkeit der Liebe. Das Problem der ewigen Seligkeit gehört zu denen, die Gott allein im nächsten Leben zu lösen vermag. Auf Erden haben die größten Dichter ihre Leser mit der Schilderung des Paradieses ewig gelangweilt. Dantes Klippe war auch die des Grafen Vandenesse: Ehre dem erfolglosen Mute! Seine Frau fand ein so trefflich geordnetes Eden schließlich etwas eintönig. Das vollkommene Glück, das die erste Frau im irdischen Paradies empfand, rief bei ihr jene Übelkeit hervor, die der Genuß alles Süßen auf die Dauer hervorruft. Es flößte der Gräfin den gleichen Wunsch ein, den Rivarol bei der Lektüre von Florian empfand: nämlich einem Wolf im Schafstall zu begegnen. Das galt wohl jederzeit als der Sinn der symbolischen Schlange, an die Eva sich wendet, wahrscheinlich aus Langeweile.

Diese Moral erscheint vielleicht gewagt in den Augen von Protestanten, die die Genesis ernster nehmen als selbst die Juden. Aber die seelische Verfassung der Frau von Vandenesse läßt sich auch ohne biblische Gleichnisse erklären. Sie fühlte gewaltige Kräfte ihrer Seele brach liegen. Ihr Glück brachte ihr kein Leid, es war ohne Sorgen und Ängste, sie zitterte nicht, es zu verlieren, es kehrte allmorgendlich wieder, mit dem gleichen Blau, dem gleichen Lächeln, den gleichen reizenden Worten. Dieser reine See war durch keine Brise gerunzelt, nicht einmal durch den Zephir; sie hätte seinen Spiegel gern bewegt gesehen. Ihr Verlangen hatte etwas Kindliches, das sie entschuldigen müßte, aber die Welt ist nicht nachsichtiger als der Gott der Genesis. Die Gräfin war geistreich geworden, sie begriff ausgezeichnet, wie verletzend ihr Gefühl sein mußte, und fand es entsetzlich, es ihrem »lieben Männchen« anzuvertrauen. In ihrer Einfalt hatte sie kein andres Liebeswort geprägt, denn die holde Sprache der Übertreibung, die die Liebesglut ihre Opfer lehrt, läßt sich nicht kalten Blutes erfinden. Vandenesse war über ihre bewundernswerte Zurückhaltung glücklich und hielt seine Gattin mit klugem Bedacht in der gemäßigten Zone der ehelichen Liebe. Überhaupt fand dieser Mustergatte die Hilfsmittel der Selbstanpreisung, das Sich-Herausstreichen, um Herzenslohn zu ernten, einer edlen Seele für unwürdig. Er wollte um seiner selbst willen gefallen, nichts den Kunstgriffen des Reichtums verdanken, Gräfin Marie lächelte, wenn sie im Bois eine mangelhaft oder schlecht angespannte Equipage sah. Ihre Augen wandten sich dann selbstgefällig ihrem eigenen Gefährt zu, dessen englisch gehaltene Pferde fast frei in ihren Geschirren trabten und ihren Abstand voneinander wahrten. Felix ließ sich nicht dazu herab, den Dank für die Mühe einzuernten, die er sich damit gab. Seiner Frau schien sein Luxus, sein guter Geschmack natürlich; sie wußte ihm keinen Dank dafür, daß ihre Eigenliebe gar nicht zu leiden hatte. So war es in allem. Güte ist nicht ohne Klippen: man schreibt sie dem Charakter zu und erkennt die stille Bemühung einer schönen Seele nur selten an. Die Bösen dagegen belohnt man für das Böse, das sie nicht tun.

Zu jener Zeit hatte Frau Felix von Vandenesse einen solchen Grad von Weltkenntnis erreicht, daß sie die ziemlich unscheinbare Rolle einer schüchternen Statistin, Beobachterin und Zuhörerin aufgeben konnte, wie sie Giulia Grisi eine Weile in den Chören des Scalatheaters gespielt haben soll. Die junge Gräfin fühlte das Zeug in sich, die Rolle der Primadonna zu übernehmen, und sie machte mehrere Versuche dazu. Zur großen Befriedigung ihres Gatten mischte sie sich in die Unterhaltung. Geistreiche Antworten und feine Beobachtungen, die sie dem Verkehr mit ihrem Gatten verdankte, verschafften ihr Beachtung, und der Erfolg machte sie kühner. Vandenesse, dem man zugestanden hatte, daß seine Frau hübsch sei, war entzückt, daß sie für geistreich galt. Nach der Heimkehr vom Ball, vom Konzert, vom Rout, wo Marie geglänzt hatte, setzte sie, wenn sie ihren Putz ablegte, eine fröhliche und selbstgewisse Miene auf und fragte ihren Gatten: »Warst du heute abend mit mir zufrieden?« Die Gräfin erregte sogar Eifersucht, unter anderm bei der Schwester ihres Gatten, der Marquise von Listomère, die sie bisher bemuttert hatte, in der Meinung, sich durch ein so unscheinbares Wesen eine Folie zu geben. Eine Gräfin Marie, schön, geistreich und tugendhaft, musikalisch und wenig gefallsüchtig, mußte zur Zielscheibe der Welt werden. Felix von Vandenesse kannte in der Gesellschaft mehrere Damen, mit denen er zwar gebrochen hatte oder die mit ihm gebrochen hatten, die aber seiner Heirat nicht gleichgültig gegenüber standen. Als diese Damen nun Frau von Vandenesse sahen, eine kleine Frau mit roten Händen, ziemlich verlegen, einsilbig und anscheinend geistig nicht sehr rege, hielten sie sich für hinreichend gerächt.

Dann kam die Katastrophe von 1830. Die Gesellschaft löste sich für zwei Jahre auf, die reichen Leute gingen während der Unruhen auf ihre Güter oder reisten in Europa, und die Salons taten sich erst 1833 wieder auf. Das Faubourg St. Germain schmollte, betrachtete aber einzelne Häuser, so das des österreichischen Botschafters, als neutralen Boden. Dort traf sich die legitimistische und die neue Gesellschaft in ihren elegantesten Spitzen. Vandenesse war durch tausend Bande des Herzens und der Dankbarkeit an die verbannte Dynastie gekettet, hielt sich aber im Vollgefühl seiner Überzeugung nicht für verpflichtet, die albernen Maßlosigkeiten seiner Partei mitzumachen. In den Zeiten der Gefahr hatte er seine Pflicht unter Lebensgefahr getan, indem er sich unter die Volksmassen mischte und sie zu Verhandlungen aufforderte. Er führte seine Frau also in eine Gesellschaft, in der seine Treue nie angefochten werden konnte.

Vandenesses alte Freundinnen hatten Mühe, die Jungvermählte in der eleganten, geistreichen, sanften Gräfin wieder zu erkennen, die sich selbst mit den feinsten Manieren der Aristokratin zur Geltung brachte. Frau von Espard und Frau von Manerville, Lady Dudley und ein paar andere, weniger bekannte, fühlten die Schlange des Neides in ihrem Busen erwachen. Sie hörten das flötende Zischen des gereizten Stolzes, waren auf das Glück von Felix eifersüchtig und hätten gern ihre schönsten Pantoffeln hingegeben, damit ihm ein Unglück zustieß. Anstatt aber der Gräfin feindlich zu sein, drängten sich diese guten Seelen an sie heran, bezeigten ihr übertriebene Freundschaft und lobten sie vor den Herren. Felix, der ihre Absichten hinreichend durchschaute, hatte ein Auge auf ihre Beziehungen zu Marie und riet ihr, ihnen zu mißtrauen. Alle errieten, daß ihr Verkehr mit der Gräfin ihrem Gatten unbequem war. Sie verziehen ihm sein Mißtrauen nicht, verdoppelten ihre Fürsorge und Zuvorkommenheit für ihre Nebenbuhlerin und verhalfen ihr zu einem Riesenerfolge – zum großen Mißfallen der Marquise von Listomère, die nichts davon begriff. Man rühmte die Gräfin Felix von Vandenesse als reizendste, geistreichste Frau in Paris. Maries zweite Schwägerin, die Marquise Charles von Vandenesse, empfand es als höchst peinlich, daß sogar ihr Name zu Verwechslungen führte und zu Vergleichen anregte. Obwohl die Marquise auch eine sehr schöne und sehr geistreiche Frau war, stellten ihre Nebenbuhlerinnen ihr ihre Schwägerin um so lieber entgegen, als die Gräfin zwölf Jahre jünger war. Die Damen wußten, wie sehr die Erfolge der Gräfin das Verhältnis zu ihren beiden Schwägerinnen trüben mußten. Diese wurden denn auch kalt und unhöflich gegen die siegreiche Marie Angelika. Das waren gefährliche Verwandte, geheime Feindinnen.

Wie jedermann weiß, kämpfte die Literatur damals gegen die allgemeine Gleichgültigkeit, die das politische Drama hervorgerufen hatte. Sie brachte mehr oder weniger an Byron gemahnende Werke hervor, die von nichts handelten als von »Eheirrungen«. Damals gaben die Verstöße gegen den Ehekontrakt den Stoff für die Zeitschriften, Bücher und Theaterstücke her. Dies ewige Thema war damals mehr denn je in Mode. Der Liebhaber, das Schreckgespenst der Ehemänner, war überall, außer vielleicht in den Ehen selbst, wo es in diesem Bourgeoiszeitalter weniger Liebhaber gab denn je. Wenn alles an die Fenster stürzt, Achtung schreit und die Straßen beleuchtet – zeigen sich dann die Diebe wohl? Gab es in jenen Jahren, die so reich an städtischen, politischen und moralischen Aufregungen waren, auch eheliche Katastrophen, so waren es doch nur Ausnahmen, die nicht so beachtet wurden, wie in der Restaurationszeit. Trotzdem sprachen die Damen untereinander viel von dem

Thema, das damals die beiden Formen der Dichtung, Buch und Theaterstück, beherrschte. Oft war die Rede von dem Liebhaber, diesem seltnen und so erwünschten Wesen. Die bekannten Abenteuer bildeten den Gesprächsstoff, und diese Diskussionen wurden wie stets von makellosen Frauen geführt. Etwas verdient Beachtung, nämlich die Ablehnung derartiger Gespräche durch die Frauen, die ein unerlaubtes Glück genießen. Sie benehmen sich in der Gesellschaft prüde, zurückhaltend, ja fast schüchtern; sie scheinen jedermann um Schweigen oder um Vergebung für ihr Vergnügen zu bitten. Hört eine Frau dagegen gern von solchen Katastrophen reden, läßt sie sich die Wonnen erklären, die einen Fehltritt rechtfertigen, so kann man annehmen, daß sie am Kreuzweg der Unentschlossenheit steht und nicht weiß, welche Richtung sie einschlagen soll.

In jenem Winter hörte die Gräfin von Vandenesse die laute Stimme der Welt an ihr Ohr dröhnen, und der Sturmwind umpfiff sie. Ihre angeblichen Freundinnen, die ihren Ruf durch den Klang ihrer Namen und die Höhe ihrer Stellung in Händen hielten, malten ihr häufig die verführerische Gestalt des Liebhabers aus und warfen in ihre Seele Feuerworte über die Liebe, – des Rätsels Lösung, das den Frauen das Leben aufgibt, die große Leidenschaft, die nach dem Wort der Frau von Staël ein Beispiel gibt. Fragte die Gräfin in kleinem Kreise naiv, welcher Unterschied zwischen einem Liebhaber und einem Gatten bestände, so antwortete ihr jede der Damen, die Vandenesse ein Unglück wünschten, unfehlbar in einer Weise, die ihre Neugier stachelte, ihre Phantasie erregte, ihr Herz packte und ihre Seele fesselte.

»Mit seinem Gatten vegetiert man nur, meine Liebe, mit einem Liebhaber lebt man,« sagte ihre Schwägerin, die Marquise von Vandenesse.

»Die Ehe, mein Kind, ist unser Fegefeuer, die Liebe ist das Paradies,« sagte Lady Dudley.

»Glauben Sie es nicht!« rief Fräulein Destouches aus, »sie ist die Hölle!«

»Aber eine Hölle, in der man liebt,« bemerkte die Marquise von Rochefide. »Man hat oft mehr Freude am Leiden als am Glück, siehe die Märtyrer!«

»An der Seite eines Gatten, kleine Unschuld,« sagte die Marquise von Espard, »leben wir sozusagen unser eignes Leben. Aber lieben, das heißt das Leben eines andern leben.«

»Ein Liebhaber ist die verbotene Frucht, ein Wort, das für mich alles sagt,« lachte die hübsche Moïna von Saint-Hérem.

Ging die Gräfin nicht zu einem diplomatischen Rout oder zum Ball bei reichen Ausländerinnen, wie Lady Dudley oder die Gräfin Galathionne, so fuhr sie fast allabendlich in die Oper oder ins italienische Theater und nachher in eine Gesellschaft, sei es zur Marquise von Espard, zur Marquise von Listomère, Fräulein Destouches, der Gräfin Montcornet oder der Vicomtesse von Grandlieu, den einzigen offenen aristokratischen Häusern, und nie kehrte sie heim, ohne daß eine schlimme Saat in ihr Herz gesät ward. Man riet ihr, »sich auszuleben«, wie der damalige Modeausdruck lautete, und »verstanden zu werden«, auch ein Wort, dem die Frauen merkwürdige Bedeutung geben. Sie kehrte unruhig, erregt, neugierig und versonnen heim. Sie fand eine gewisse Leere in ihrem Leben, aber sie ging nicht so weit, es für völlig leer zu halten.

Die amüsanteste, aber auch die gemischteste Gesellschaft von all den Salons, in denen Frau Felix von Vandenesse verkehrte, fand sie bei der Gräfin von Montcornet, einer reizenden kleinen Dame, die berühmte Künstler, die Spitzen der Finanz und hervorragende Schriftsteller empfing, aber erst, nachdem sie sie einer strengen Prüfung unterworfen hatte, so daß auch die anspruchsvollsten Gesellschaftsmenschen nicht zu fürchten brauchten, irgendwen dort zu treffen, der zur zweiten Gesellschaft gehörte. Die größten Ansprüche fanden hier ihr Genüge. Während des Winters, wo die Gesellschaft sich wieder zusammenfand, hatten einige Salons, darunter die der Frau von Espard und von Listomère, des Fräuleins Destouches und der Herzogin von Grandlieu, neue Gäste unter den neuen Größen der Kunst, Wissenschaft, Literatur und Politik gewonnen. Die Gesellschaft verliert ihre Rechte nie, sie will stets unterhalten sein. Bei einem Konzert, das die Gräfin gegen Ende des Winters gab, erschien bei ihr eine der zeitgenössischen Berühmtheiten der Literatur und Politik, Raoul Nathan. Eingeführt hatte ihn einer der geistreichsten, aber trägsten Schriftsteller der Zeit, Emil Blondet, auch eine Berühmtheit, aber unter Ausschluß der Öffentlichkeit, von den Journalisten gerühmt, aber außerhalb des Faches unbekannt. Das wußte Blondet auch; überdies machte er sich keine Illusionen und sagte unter andern verächtlichen Worten, der Ruhm sei ein Gift, das man nur in kleinen Dosen nehmen dürfe.

Seit dem Augenblick, wo Raoul Nathan sich nach langem Ringen durchgesetzt hatte, verstand er, sich die plötzliche Vorliebe für das Benehmen der eleganten Anhänger des Mittelalters zunutze zu machen, die man scherzhaft *junges Frankreich* nennt. Er hatte sich das seltsame Gebaren eines Genies zugelegt, indem er dem Kreis jener Kunstverehrer beitrat, deren Absichten übrigens vortrefflich waren. Ist doch nichts lächerlicher, als die französische Sitte des 19. Jahrhunderts; ihr eine neue Form zu geben, erheischte Mut.

Wir wollen Raoul auch die Gerechtigkeit widerfahren lassen, daß in seiner Persönlichkeit etwas Großes, Phantastisches, Ungewöhnliches liegt, das eines Rahmens bedarf. Seine Freunde oder Feinde – beide sind gleich viel wert – geben zu, daß nichts auf der Welt besser zu seinem Geist paßt als seine Erscheinung. Raoul Nathan wäre vielleicht in seinem natürlichen Wesen noch seltsamer gewesen als in dieser Aufmachung. Sein verwüstetes, zerstörtes Gesicht gibt ihm ein Gepräge, als hätte er mit Engeln oder Teufeln gekämpft. Es gleicht dem Antlitz des toten Heilands, wie ihn die deutschen Meister darstellen: es zeigt tausend Züge eines ständigen Ringens zwischen menschlicher Schwäche und den höheren Mächten. Aber die hohlen Runzeln seiner Wangen, die Höhlungen seines gekrümmten, gefurchten Schädels, seine tiefliegenden Augen und eingefallenen Schläfen lassen seinen Körper nicht schwächlich erscheinen. Seine harten Sehnen, seine vorstehenden Knochen sind von auffallender Festigkeit. Seine durch Ausschweifungen gegerbte Haut spannt sich darüber, wie von inneren Gluten gedörrt, aber das Knochengerüst ist stark. Er ist groß und hager. Sein langes, stets wirres Haar zielt auf Wirkung. Dieser schlecht gekämmte, schlecht gebaute Byron hat die Beine eines Reihers, knotige Knie und eckige Hüften. Seine mit Muskeln bespannten Hände sind fest wie Krabbenfüße, mit hageren, nervösen Fingern. Raoul hat Augen wie Napoleon, blaue Augen, deren Blick die Seele durchbohrt, eine feine gekrümmte Nase, einen reizenden Mund mit dem Schmuck der weißesten Zähne, die eine Frau sich wünschen kann. In diesem Kopf ist Schwung und Feuer, auf dieser Stirn thront Genie. Raoul gehört zu der kleinen

Zahl von Menschen, die beim ersten Blick auffallen, die in einem Salon sofort einen Brennpunkt bilden, in dem alle Blicke zusammenlaufen. Er fällt auf durch seine Schlampigkeit, wenn man Molières Eliante dies Wort zur Bezeichnung der Unsauberkeit entlehnen darf. Seine Kleider scheinen stets eigens zerknittert, zerknüllt und verschrumpelt zu sein, um zu seiner Erscheinung zu passen. Gewöhnlich hält er eine Hand in seiner offenen Weste und zwar in der Pose, die durch Chateaubriands Bild von Girodet berühmt geworden ist. Aber er nimmt sie weniger an, um ihm zu ähneln (er will keinem ähneln), als um die regelmäßigen Falten seines Hemdes zu zerknittern. Seine Krawatte schlingt er mit einem Ruck um seinen krampfhaft zuckenden Hals, dessen Bewegungen auffällig lebhaft und heftig sind, wie bei Rassepferden, die in ihren Geschirren unruhig sind und beständig mit dem Kopf schlagen, um Gebiß und Kinnkette loszuwerden. Sein langer Spitzbart ist weder gekämmt noch parfümiert, weder frisiert noch geglättet wie bei den Stutzern, die ihren Bart fächerartig oder spitz tragen; er läßt ihn, wie er ist. Seine Haare, die sich zwischen seinen Rockkragen und seine Halsbinde schieben, fallen üppig auf die Schultern herab und scheuern sie fettig. Seine hageren, sehnigen Hände wissen nichts von der Nagelbürste und dem Luxus der Zitrone. Mehrere Feuilletonschreiber behaupten sogar, daß das reinigende Naß ihre verkalkte Haut nicht oft erfrische. Kurz, der schreckliche Raoul ist grotesk. Seine Bewegungen sind abgerissen, wie bei einem schlecht funktionierenden Mechanismus. Sein Gang spricht durch seinen aufgeregten Zickzackkurs und sein unvermutetes Stehenbleiben, durch das er die friedlichen Bürger auf den Straßen von Paris anrempelt, jedem Ordnungssinn Hohn. Seine Unterhaltung ist voll beißenden Humors und scharfer Bemerkungen, das Gegenstück zu seiner Körperhaltung. Sie springt vom Ton der Rache plötzlich ab und wird ohne Anlaß einschmeichelnd, poetisch, tröstlich, sanft. Seine unerklärlichen Pausen, seine Geistessprünge ermüden bisweilen. Er bringt in die Gesellschaft ein dreistes Ungeschick, eine Verachtung der Formen, eine Neigung zur Kritik gegen alles dort Geachtete mit und wird dadurch zum Feind der kleinen Geister und aller derer, die sich bemühen, die Lehren der alten Höflichkeit in Kraft zu erhalten. Aber es liegt etwas Originelles darin, wie in den chinesischen Kunstschöpfungen, etwas, das die Damen nicht hassen. Übrigens ist er ihnen gegenüber von gesuchter Höflichkeit. Er scheint sich darin zu gefallen, seine wunderlichen Formen vergessen zu machen, über die Abneigungen einen Sieg davonzutragen, der seiner Eitelkeit, seiner Eigenliebe oder seinem Stolze schmeichelt.

»Warum sind Sie eigentlich so?« fragte ihn die Marquise von Vandenesse eines Tages.

»Sind die Perlen nicht in rauhen Schalen?« entgegnete er pomphaft.

Einem andern, der die gleiche Frage an ihn richtete, gab er zur Antwort:

»Wenn ich jedermann gefiele, wie könnte ich da einer unter allen, einer Erwählten, gefallen?«

Raoul Nathan zeigt in seinem Geistesleben die gleiche Unordnung, die er zur Schau trägt. Sein Aushängeschild trügt nicht. Sein Talent gleicht dem der armen Mädchen für alles, die in Bürgerhäusern dienen. Er war zunächst Kritiker, und zwar ein großer Kritiker, aber er fand, daß er sich mit diesem Handwerk selbst im Lichte stand. Seine Aufsätze wären so viel wert wie Bücher, sagte er. Die Theatereinkünfte hatten es ihm angetan. Da er aber zu ruhiger, stetiger Arbeit unfähig war, wie die Bühnenfähigkeit eines Werkes sie erheischt, so hatte er sich mit einem Komödienschreiber du Bruel zusammentun müssen, der seine Ideen ausführte und sie in einträgliche, geistvolle, kleine Stücke umsetzte, die stets Rollen für Schauspieler und Schauspielerinnen enthielten. So hatten sie gemeinsam Florine aufgebracht, eine Schauspielerin für das Rollenfach. Aber Nathan fühlte sich durch dies Kompaniegeschäft, das ihn zum siamesischen Zwilling machte, gedemütigt und versuchte es nun allein im Théâtre français mit einem großen Stücke, das mit allen kriegerischen Ehren, unter den Salven niederschmetternder Artikel, durchfiel. Schon in seiner Jugend hatte er es mit dem großen, edlen französischen Theater versucht und ein prachtvolles, romantisches Stück im Stil von »Pinto« geschrieben, zu einer Zeit, wo der Klassizismus noch unumschränkt herrschte. Das Odeontheater war infolgedessen drei Abende lang der Schauplatz so wilder Tumulte, daß das Stück verboten wurde. In den Augen vieler galt dies zweite Drama ebenso wie das erste für ein Meisterwerk und brachte ihm mehr Ruhm, als all die einträglichen Stücke, die er mit anderen zusammen verfaßt hatte, aber nur in der wenig beachteten, Welt der Kenner und der Leute von Geschmack. »Noch ein solcher Durchfall,« sagte Emil Blondet zu ihm, »und du bist unsterblich.«

Anstatt aber auf dieser schwierigen Bahn fortzuschreiten, war Nathan notgedrungen in die Vaudevillestücke des Rokoko mit Puder und Schönheitspflästerchen zurückgesunken, in das Kostümstück und den szenischen Neudruck erfolgreicher Bücher. Trotzdem galt er für einen großen Geist, der sein letztes Wort noch nicht gesprochen hatte. Außerdem hatte er sich an die hohe Literatur gewagt und drei Romane veröffentlicht, ganz abgesehen von denen, die er unter der Presse hielt, wie die Fische im Fischbehälter. Das eine dieser drei Bücher und zwar das erste, hatte, wie bei manchen Schriftstellern, die es nur zu einem ersten Werke bringen, den glänzendsten Erfolg errungen. Dies Werk, das damals unklug an die erste Stelle gerückt wurde, dies Artistenwerk ließ er bei jeder Gelegenheit als schönstes Buch des Zeitalters, als einzigen Roman des Jahrhunderts bezeichnen. Trotzdem klagte er viel über die hohen Ansprüche der Kunst. Er gehörte zu denen, die am meisten dazu beitrugen, alle Kunstwerke, Gemälde, Statuen, Bücher und Bauwerke allein unter dem Gesichtspunkt der Kunst zu werten. Begonnen hatte er mit einem Gedichtband, der ihm einen Platz in der Plejade der zeitgenössischen Dichter sicherte; darin befand sich ein verschwommenes Gedicht, das reichlich bewundert wurde. Da er bei seinem Mangel an Vermögen weiter schreiben mußte, ging er vom Theater zur Presse und von der Presse zum Theater über, verzettelte und verausgabte sich und glaubte doch immer noch an seinen Stern. Sein Ruhm war also nicht unveröffentlicht, wie bei mehreren in den letzten Zügen liegenden Berühmtheiten, die sich durch die Titel künftiger Werke hochhalten, obwohl diese Werke dann nicht soviel Auflagen erleben, als Verhandlungen ihretwegen geführt werden mußten.

Nathan glich einem Genie. Wäre er zum Schafott geschritten, wie er es manchmal wünschte, er hätte sich wie André Chénier an die Stirn schlagen können. Politischer Ehrgeiz ergriff ihn, als er ein Dutzend Schriftsteller, Professoren, Metaphysiker und Historiker zur Macht kommen sah, Leute, die sich während der Unruhen von 1830 bis 1833 in der Staatsmaschine einnisteten. Nun bedauerte er, daß er statt literarischer Artikel nicht politische geschrieben hatte. Er gehörte zu jenen Geistern, die auf alles eifersüchtig, zu allem fähig sind, denen man alle Erfolge wegnimmt, die tausend Brennpunkte berühren, ohne sich auf einen fest einzustellen, und die stets den Willen des Nachbars entkräften. Zu jener Zeit ging er vom Saint-Simonismus zum Republikanismus über, um vielleicht zum Ministerialismus zurückzukehren. In allen Ecken spähte er nach einem Knochen, an dem er nagen wollte, und suchte nach einem sicheren Orte, von wo aus er, vor Schlägen sicher, bellen und bedrohlich erscheinen konnte. Aber zu seiner Schande bemerkte er, daß ihn der berühmte de Marsay, das damalige Haupt der Regierung, nicht ernst nahm. De Marsay hatte keinerlei Achtung vor Schriftstellern, bei denen er das vermißte, was Richelieu den Geist der Folgerichtigkeit nannte. Zudem hätte jedes Ministerium mit der dauernden Unordnung in Raouls Geschäften rechnen müssen. Früher oder später mußte die Not ihn zwingen, Bedingungen anzunehmen, statt sie zu diktieren.

Raouls wahrer, aber sorgfältig verborgener Charakter stimmt mit seinem öffentlichen Charakter überein. Er ist ein unbewußter Schauspieler, selbstsüchtig, als wäre er der Staat selbst, und ein sehr geschickter Deklamator. Niemand versteht es besser, Gefühle zu spielen, sich mit falscher Größe zu brüsten, sich mit moralischen Schönheiten zu schmücken, sich in seinen Worten selbst zu achten und sich wie Molières Alceste zu gebärden, während er wie Philinte handelt. Seine Selbstsucht schreitet unter diesem Panzer aus gemalter Pappe und erreicht oft das geheime Ziel, das sie sich gesteckt hat. Träge bis zum Übermaß, hat er stets nur dann etwas getan, wenn die Hellebarden der Not ihn stachen. Die beharrliche Arbeit bei der Schöpfung eines Werkes kennt er nicht, aber in der Raserei der Wut, in die ihn seine verletzte Eitelkeit versetzt, oder in dem kritischen Augenblick, wo ein Gläubiger ihn bedrängt, überspringt er den Eurotas und triumphiert über die schwierigsten Berechnungen. Dann sinkt er, erschöpft und erstaunt, etwas geschaffen zu haben, in den Sumpf der Pariser Zerstreuungen zurück. Die Not erscheint abermals, bedrohlich: er ist kraftlos, würdigt sich herab und stellt sich bloß. Von der falschen Vorstellung seiner Größe und seiner Zukunft beherrscht, für die er sich ein Muster an der großen Laufbahn eines seiner früheren Kollegen nimmt, eines jener seltenen ministeriellen Talente, das die Julirevolution ans Licht gebracht hat, erlaubt er sich bei denen, die ihn lieben, Barbareien des Gewissens, die in den Geheimnissen des Privatlebens begraben werden, von denen niemand spricht, und über die niemand klagt. Die Banalität seines Herzens, die Schamlosigkeit, mit der er jedem Laster, jedem Unglück, jedem Verrat, jeder Meinung die Hand schüttelt, haben ihn unverletzlich gemacht, wie einen konstitutionellen König. Die verzeihliche Sünde, die bei einem großen Charakter ein Zetergeschrei hervorriefe, existiert für ihn nicht. Sein wenig feinfühliges Benehmen wird ihm kaum angerechnet; jedermann entschuldigt ihn und damit sich selbst. Selbst wer versucht wäre, ihn zu verachten, reicht ihm die Hand, denn er fürchtet, ihn einmal nötig zu haben. Diese scheinbare Gutmütigkeit, die Neulinge besticht und vor keinem Verrat schützt, die sich alles erlaubt und alles rechtfertigt, die bei einer Verletzung laut aufschreit und sie vergibt, ist eins der Hauptkennzeichen des Journalisten. Diese Kameraderie, ein Wort, das ein geistreicher Mann erfunden hat, nagt die schönsten Seelen an. Sie macht ihren Stolz rostig, vernichtet die Grundlage aller großen Werke und heiligt die geistige Feigheit. Indem gewisse Leute diese Schlaffheit des Gewissens bei allen fordern, sichern sie sich Vergebung für ihre Verräterei und für ihren Parteiwechsel. So wird der aufgeklärteste Teil eines Volkes zum wenigst achtbaren.

Vom literarischen Standpunkt fehlt es Nathan an Stil und Bildung. Wie die meisten ehrgeizigen Jungen in der Literatur, gibt er heute zum besten, was er gestern gelernt hat. Er hat weder Zeit noch Geduld zum Schreiben; er hat nicht beobachtet, aber er hört zu. Unfähig, einen soliden Plan zu zimmern, rettet er sich vielleicht durch den Schwung seiner Zeichnung. *Er macht in Leidenschaft,* wie es in der Litertursprache heißt, denn in Dingen der Leidenschaft ist alles wahr; der Genius dagegen hat die Aufgabe, aus dem zufällig Wahren das auszuwählen, was allen wahrscheinlich erscheinen muß. Statt Ideen zu erwecken, sind seine Helden vergrößerte Individuen, die nur flüchtige Sympathie erregen. Sie sind nicht mit den großen Fragen des Lebens verknüpft, und somit stellen sie nichts vor; er behauptet sich aber durch seinen raschen Geist, durch jene glücklichen Würfe, die man im Billardspiel »Füchse« nennt. Er ist der geschickteste Schütze, der die auf Paris herabflatternden oder aus ihm aufsteigenden Ideen im Fluge erlegt. Seine Fruchtbarkeit liegt nicht in ihm, sondern in der Zeit; er lebt von den Umständen, und um sie zu beherrschen, übertreibt er ihre Bedeutung. Kurz, er ist unwahr, seine Phrasen sind verlogen; in ihm steckt wie Graf

Felix sagte, ein Taschenspieler. Seine Feder nimmt ihre Tinte aus dem Zimmer einer Schauspielerin; das merkt man.

Nathan ist ein Abbild der heutigen literarischen Jugend mit ihrer falschen Größe und ihrem wirklichen Elend. Er verkörpert sie durch seine regellosen Schönheiten und sein tiefes Herabsinken, durch sein Leben voll schäumender Kaskaden, mit plötzlichen Rückschlägen und unverhofften Triumphen. Er ist ein rechtes Kind dieses von Eifersucht verzehrten Jahrhunderts, wo tausend Nebenbuhlerschaften, in Systeme gekleidet, die Hydra der Anarchie zum eigenen Nutzen mit ihren Enttäuschungen füttern, weil sie Erfolg ohne Arbeit, Ruhm ohne Talent, Gelingen ohne Anstrengung fordert, bis schließlich nach vielen Aufständen, vielen Kämpfen ihre Laster zum Bankrott ihrer Rechnung und zur Unterwerfung unter die Macht führen. Wenn soviel junge Ehrgeizige sich zu gleicher Zeit aufgemacht haben und sich sämtlich ein Stelldichein am selben Fleck geben, so entsteht ein Wettkampf zwischen den verschiedenen Willen, und es kommt zu unsäglichem Elend und erbittertem Ringen. In diesem furchtbaren Kampfe behält die gewalttätigste oder geschickteste Selbstsucht den Sieg. Das Beispiel wird beneidet: es findet Nachahmung.

Als Raoul wegen seiner Feindschaft gegen die neue Dynastie Aufnahme im Salon der Frau von Montcornet fand, blühte sein scheinbares Glück. Er fand Zutritt als der politische Kritiker der de Marsay, Rastignac, La Roche-Hugon, die zur Macht gelangt waren. Der Mann, der ihn eingeführt hatte, Emil Blondet, ein Opfer seines verhängnisvollen Zauderns, seiner Abneigung gegen eine persönliche Leistung, spielte seine Rolle als Spottvogel weiter, nahm für niemand Partei und hielt es mit jedermann. Er war der Freund Raouls, der Freund Rastignacs, der Freund Montcornets.

»Du bist ein politisches Dreieck,« sagte de Marsay lachend zu ihm, wenn er ihn in der Oper traf. »Dies geometrische Gebilde steht nur Gott zu, der nichts zu tun hat. Die Ehrgeizigen aber müssen krumme Bahnen gehen; das ist in der Politik die kürzeste Linie.«

In gewissem Abstand erschien Raoul Nathan als sehr schöner Meteor. Die Mode rechtfertigte seine Manieren und seine ganze Haltung. Sein erborgtes Republikanertum gab ihm augenblicklich jene jansenistische Strenge, die die Verteidiger der Sache des Volkes annehmen, obwohl er sich innerlich über sie lustig machte. Aber diese Strenge ist nicht ohne Reiz für die Frauen. Sie tun ja gern Wunder, sprengen Felsen und schmelzen Charaktere, die von Erz zu sein scheinen. Der innerliche Anzug stand bei Raoul damals also in Übereinstimmung mit seiner Kleidung. Für die Eva, die ihres Paradieses in der Rue du Rocher überdrüssig war, mußte er die schillernde, bunte, wortgewandte Schlange mit den magnetischen Augen und den harmonischen Bewegungen sein, die die erste Frau verdarb. Und er war es.

Sobald die Gräfin Marie Raoul erblickte, empfand sie jene innere Wallung, deren Heftigkeit eine Art Schrecken hervorruft. Der angebliche große Mann übte durch seinen Blick einen körperlichen Einfluß auf sie aus, der bis in ihr Herz strahlte und es verwirrte. Diese Verwirrung machte ihr Freude. Der Purpurmantel der Berühmtheit, der Nathans Schultern im Augenblick umkleidete, blendete die harmlose Frau. Zur Teestunde verließ Marie den Kreis plaudernder Damen, in dem sie stumm gesessen hatte, als sie dies außerordentliche Wesen erblickte. Ihr Schweigen war ihren falschen Freundinnen aufgefallen.

Die Gräfin näherte sich dem viereckigen Diwan in der Mitte des Salons, wo Raoul hochtrabend redete. Sie trat vor ihn hin und legte ihren Arm in den der Frau Octave de Camps, einer trefflichen Frau, die das ungewollte Zittern, das Maries heftige Gemütsbewegung verriet, als Geheimnis bewahrte. Obwohl der Blick einer verliebten oder überraschten Frau unendliche Sanftheit verrät, brannte Raoul in diesem Moment ein wahres Feuerwerk ab. Er war zu vertieft in seine Satiren, die wie Raketen aufsprühten, in seine Anklagen, die wie Feuerwerksräder abrollten, in seine Flammenporträts, die er mit Feuerstrichen zeichnete, um die naive Bewunderung einer armen kleinen Eva zu bemerken, die in der Gruppe der Damen um ihn her verschwand. Diese Neugier, die die Pariser nach dem Zoologischen Garten locken würde, um dort ein Einhorn zu sehen, wenn man eins dieser Tiere in den berühmten Mondgebirgen auftriebe, die noch kein Europäer betreten hat, berauscht die Geister zweiten Ranges ebensosehr, wie sie die wirklich hohen Seelen betrübt. Aber sie entzückte Raoul: er gehörte also zu sehr allen Frauen, um einer einzigen zu gehören.

»Vorsicht, meine Liebe,« sagte Maries anmutige und reizende Gefährtin ihr ins Ohr, »gehen Sie fort!«

Die Gräfin blickte ihren Gatten an, damit er ihr den Arm reichte. Die Ehemänner verstehen solche Blicke nicht immer: Felix führte sie fort. »Mein Lieber,« sagte Frau von Espard Raoul ins Ohr, »Sie sind ein glücklicher Schelm. Sie haben heute abend mehr als eine Eroberung gemacht, unter anderm die der reizenden Frau, die uns so plötzlich verlassen hat.«

»Weißt du, was die Marquise von Espard mir sagen wollte?« fragte Raoul seinen Freund Blondet, als sie zwischen ein und zwei Uhr morgens fast allein waren. Und er wiederholte ihm, was die vornehme Dame zu ihm gesagt hatte.

»Nun, ich höre, die Gräfin von Vandenesse hat sich toll in dich verliebt. Du bist nicht zu beklagen.«

»Ich habe sie gar nicht gesehen,« sagte Raoul.

»Oh! Du wirst sie schon sehen, Halunke,« entgegnete Blondet herausplatzend. »Lady Dudley lädt dich zu ihrem großen Ball ein und zwar eigens, damit du sie dort triffst.«

Raoul und Blondet gingen mit Rastignac fort. Er bot ihnen seinen Wagen an. Alle drei lachten über diese Gesellschaft eines opportunistischen Unterstaatssekretärs, eines wilden Republikaners und eines politischen Atheisten.

»Wollen wir auf Kosten der gegenwärtigen Verhältnisse soupieren?« schlug Blondet vor, der die Soupers wieder zu Ehren bringen wollte.

Rastignac fuhr mit ihnen zu Very, schickte seinen Wagen fort, und alle drei setzten sich zu Tische. Sie zogen über die gegenwärtige Gesellschaft her und lachten mit rabelaisischem Lachen. Mitten in dem Souper rieten Rastignac und Blondet ihrem unechten Feinde, ein so großes Glück, das sich ihm bot, nicht auszuschlagen. Die beiden durchtriebenen Gesellen trugen die Lebensgeschichte der Gräfin Marie von Vandenesse in satirischem Stil vor und machten sich mit dem Seziermesser des Spottes und der spitzen Pointe des Witzwortes über diese kindliche Unschuld und diese glückliche Ehe her. Blondet gratulierte Raoul zu einer Frau, die noch nichts verbrochen hatte, außer schlechten Rötelzeichnungen, mageren Aquarelllandschaften, Pantoffeln für ihren Gatten und Sonaten, die sie mit keuschester Inbrunst spielte. Sie hatte bis zum achtzehnten Jahr an den Rockschößen ihrer Mutter gehangen, war von religiösen Pflichten durchtränkt, von Vandenesse erzogen und durch die Ehe richtig zubereitet, um ein guter Bissen für die Liebe zu werden. Bei der dritten Flasche Champagner wurde Raoul Nathan offner, als er es je einem Menschen gegenüber gewesen.

»Meine Freunde,« sagte er zu ihnen, »ihr kennt meine Beziehungen zu Florine, kennt meine Vergangenheit und werdet euch nicht wundern, wenn ich euch gestehe: die Farbe der Liebe einer Gräfin ist mir völlig unbekannt. Mich hat oft der Gedanke gedemütigt, daß ich mir keine Laura, keine Beatrix zulegen könnte, außer in der Poesie! Eine vornehme und keusche Frau ist wie ein fleckenloses Gewissen, das uns unser Selbst in schöner Form darstellt. Anderswo können wir uns besudeln; hier aber bleiben wir groß, stolz, makellos. Anderswo können wir ein wildes Leben führen; hier atmet die Ruhe, die Frische und das Grün einer Oase!«

»Ei geh, alter Junge!« sagte Rastignac, »spiele auf der vierten Saite das Gebet Mosis, wie Paganini.«

Raoul blieb stumm, mit starren, blöden Augen. »Dieser elende Ministergehilfe versteht mich nicht,« sagte er nach kurzem Schweigen.

So trampelten die drei schamlosen Gesellen auf den weißen, zarten Blüten einer entstehenden Liebe herum, während die arme Eva in der Rue du Rocher sich in die Windeln der Scham hüllte und voller Entsetzen über das große Vergnügen, mit dem sie dem vermeintlichen großen Dichter gelauscht hatte, zwischen der strengen Mahnung ihrer Dankbarkeit gegen Vandenesse und den güldenen Worten der Schlange hin und her schwankte. Ach! kennten die Frauen das zynische Gebaren der Männer, die, wenn sie vor ihnen stehen, so geduldig sind und so süß tun! Wüßten sie, wie sie aus der Entfernung über das herziehen, was sie anbeten! Wie entkleidete und zergliederte der skurrile Witz dies frische, anmutige, schamhafte Geschöpf! Aber auch: welch ein Triumph! Je mehr Schleier von ihr abfielen, um so schöner erschien sie.

Marie verglich in diesem Moment Raoul mit Felix, ohne sich der Gefahr bewußt zu sein, die in solchen Vergleichen liegt. Nichts auf der Welt bildete einen größeren Gegensatz als der unordentliche, kraftvolle Raoul und der wie ein Modedämchen geschniegelte Felix von Vandenesse in seinen eng anliegenden Kleidern, mit seiner reizenden *disinvoltura*, ein Anhänger der englischen Eleganz, die ihm einst Lady Dudley beigebracht hatte. Solch ein Gegensatz behagt der weiblichen Phantasie, die gern von einem Extrem ins andre springt. Als anständige, fromme Frau verbot sich die Gräfin an Raoul zu denken; sie fühlte sich am nächsten Morgen als schändlich Undankbare in ihrem Paradies.

»Was hältst du von Raoul Nathan?« fragte sie ihren Gatten beim Frühstück.

»Ein Taschenspieler,« entgegnete der Gatte, »einer jener Vulkane, die sich mit etwas Goldpulver beruhigen lassen. Es war falsch von der Gräfin von Montcornet, ihn bei sich zu empfangen.«

Diese Antwort verletzte Marie um so mehr, als Felix, der die Schriftstellerwelt kannte, sein Urteil durch Beweise erhärtete. Er erzählte ihr nämlich, was er von Raoul Nathans Leben wußte, einem unsicheren Dasein, das mit dem Florines, einer bekannten Schauspielerin, verknüpft war.

»Hat dieser Mann Genie,« schloß er, »so hat er doch weder die Beständigkeit noch die Geduld, durch die es heilig und göttlich wird. Er will der Welt imponieren, indem er sich einen Rang anmaßt, den er nicht behaupten kann. Die wahren Talente, die emsigen, ehrbaren Leute verfahren nicht so: sie gehen tapfer ihren Weg, nehmen ihr Elend auf sich und behängen sich nicht mit Flittern.«

Das Denken einer Frau ist von unglaublicher Biegsamkeit. Erhält es einen Keulenschlag, so knickt es zusammen, scheint vernichtet und richtet sich nach einer gewissen Zeit wieder auf.

»Felix hat zweifellos recht,« sagte sich die Gräfin anfangs.

Aber nach drei Tagen dachte sie wieder an die Schlange, dank dem holden und zugleich schrecklichen Eindruck, den Raoul ihr gemacht und den Vandenesse ihr leider nicht erklärt hatte. Das gräfliche Paar ging zu dem großen Ball der Lady Dudley, auf dem de Marsay zum letztenmal in Gesellschaft erschien, denn er starb zwei Monate später und hinterließ den Ruf eines großen Staatsmannes, dessen Bedeutung nach Blondets Wort unbegreiflich war. Vandenesse und seine Gattin trafen Raoul Nathan in dieser Gesellschaft wieder, die ihr Gepräge durch die Begegnung mehrerer Mitspieler des politischen Dramas erhielt, die ob dieses Zusammentreffens sehr erstaunt waren.

Es war eine der ersten Festlichkeiten der großen Welt. Die Salons boten dem Auge ein magisches, Bild dar: Blumen, Diamanten, glänzende Frisuren. Alle Schmuckkästen waren geleert, alle Kunstmittel der Toilette ins Werk gesetzt. Der Salon glich einem jener koketten Treibhäuser, in dem die reichen Gartenliebhaber die prächtigsten Seltenheiten vereinigen. Der gleiche Glanz, die gleiche Feinheit in den Stoffen. Der menschliche Gewerbfleiß schien mit den lebenden Geschöpfen um den Vorrang zu streiten. Überall weiße oder bunte Gaze in den Farben der schönsten Libellenflügel, Krepp, Spitzen, Blonden und Tüll in der launischen Mannigfaltigkeit der Insektenwelt, durchbrochen, gewellt oder gezahnt, goldne und silberne Spinneweben, Nebelwolken von Seide, Blumen, die von Feenhand gestickt oder von verzauberten Geistern gewirkt schienen, Federn, von der Glut der Tropensonne gefärbt und gleich Trauerweiden auf stolze Köpfe herabwallend, gewundene Perlenschnüre, glatte, gerippte, durchbrochene Stoffe, als hätte der Geist der Arabesken den französischen Gewerbfleiß beraten.

Dieser Luxus stand im Einklang mit den dort versammelten Schönheiten, als sollte ein Album der Schönheit zusammengestellt werden. Der Blick schweifte über die weißesten Schultern, teils von bernsteinfarbenem Schimmer, teils von atlasartigem Glanze, teils seidig, teils matt und fleischig, als hätte Rubens den Teig geknetet, kurz alle Spielarten, die der Mensch im Weiß erblickt. Da waren Augen, die wie Onyx oder Türkis strahlten, mit schwarzem Samt oder blonden Fransen umsäumt; Gesichter von verschiedenstem Schnitt, die an die anmutigsten Typen aller Länder gemahnten; erhabene und majestätische Stirnen, wie von der Fülle der Gedanken sanft gewölbt oder flach, wie von unbezähmtem Widerstand, und schließlich das, was diesen Schaustellungen so hohen Reiz verleiht, Busenhügel, die sich zusammendrängten, wie Georg IV. es liebte, oder getrennt waren, wie die Mode des 18. Jahrhunderts es wollte, oder sich einander näherten, wie es Ludwig XV. liebte, aber immer sichtbar, in kecker Hüllenlosigkeit oder unter den hübschen gefältelten Busenlätzen von Raffaels Bildern, dem Triumph seiner geduldigen Schüler. Reizende Füße, die sich im Tanzschritt spannten, Taillen, die sich im Schwünge des Walzers bogen, riefen auch die Aufmerksamkeit der Gleichgültigsten wach. Das Murmeln der sanftesten Stimmen, das Rauschen der Kleider, das Gleiten des Tanzes, die heftigen Bewegungen des Walzers bildeten eine phantastische Begleitung der Musik. Es war, als hätte eine Fee mit ihrem Zauberstabe diese betäubende Magie, diese Melodie von Düften, diese schillernden Lichter in den Kristallkronen, in denen die Kerzen flackerten, diese von den Spiegeln vervielfältigten Bilder dirigiert.

Dieser Kranz der reizendsten Frauen in den schönsten Toiletten hob sich wirkungsvoll ab von der dunklen Masse der Männer, unter denen die eleganten, feinen, korrekten Profile der Edelleute, die hellblonden Schnurrbärte und ernsten Gesichter der Engländer sich mit den anmutigen Gesichtern der französischen Aristokratie mischten. Alle Orden Europas blinkten auf ihrer Brust, am Band um den Hals oder an der Hüfte getragen. Dem Beobachter zeigte diese Gesellschaft nicht nur die glänzenden Farben des Schmuckes, sie hatte eine Seele, lebte, dachte und fühlte. Verhehlte Leidenschaften gaben ihr das Gepräge. Man konnte den Austausch boshafter Blicke auffangen, das Verlangen, das weiß gekleidete, unbesonnene Mädchen verrieten, konnte die Bosheiten belauschen, die eifersüchtige Frauen sich hinter dem Fächer sagten, und die übertriebenen Komplimente, die sie einander machten.

Diese geschmückte, frisierte, parfümierte Gesellschaft gab sich einem Festtaumel hin, der zu Kopfe stieg, wie ein berauschender Dunst. Es war, als stiegen von allen Stirnen und aus allen Herzen Gefühle und Gedanken empor, die sich verdichteten und durch ihre geballte Masse auch die Kältesten betörten. Als dieser berauschende Abend seinen Höhepunkt erreichte, zog es Frau Felix von Vandenesse unwiderstehlich, mit Nathan zu plaudern. Er stand in einer Ecke des vergoldeten Salons, in dem ein bis zwei Bankiers, Gesandte, frühere Minister und der alte unmoralische Lord Dudley, der zufällig dazu kam, beim Spiel saßen. Vielleicht gab Frau von Vandenesse jenem Rausch nach, der auch den Verschwiegensten oft ihre Geheimnisse entlockt.

Beim Anblick dieses Festes und des Glanzes einer Welt, zu der er bisher keinen Zutritt gehabt hatte, wurde Nathans Herz von doppeltem Ehrgeiz gequält. Er sah Rastignac, dessen jüngerer Bruder mit 27 Jahren Bischof geworden war, dessen Schwager, Martial de la Roche-Hugon, Minister war, während er selbst Unterstaatssekretär war und, wie es hieß, die einzige Tochter des Barons von Nucingen heiraten sollte. Er sah als Mitglied des Diplomatischen Korps einen unbekannten Schriftsteller, der für eine seit 1830 zum Regierungsblatt gewordene Zeitung die ausländische Presse übersetzte, sah Artikelschreiber im Staatsrat, Professoren als Pairs von Frankreich und erkannte mit Schmerzen, daß er auf dem Holzwege war, wenn er den Umsturz dieser glänzenden Aristokratie predigte, in der die Talente, die Glück hatten, die erfolggekrönte Geschicklichkeit und die wahre Überlegenheit glänzten. Blondet, der so viel Unglück gehabt, der im Journalismus so wenig erreicht hatte, aber hier lieb Kind war, konnte, wenn er nur wollte, durch seine Beziehungen zur Gräfin Montcornet noch den Pfad des Erfolges beschreiten. Er war in Nathans Augen ein schlagendes Beispiel für die Macht gesellschaftlicher Beziehungen. Im Herzensgrunde beschloß er, auf Überzeugungen zu pfeifen, genau wie de Marsay, Rastignac, Blondet und Talleyrand, das Haupt dieser Sekte, nur mit Tatsachen zu rechnen, sie zu seinem Vorteil zu wenden, in jedem System eine Waffe zu sehen und eine so gut eingerichtete, so schöne, so natürliche Gesellschaft nicht zu erschüttern.

»Meine Zukunft,« sagte er sich, »hängt von einer Frau ab, die zu dieser Gesellschaft gehört.« Dieser, in der Glut eines wilden Verlangens erzeugte Gedanke erfüllte ihn, als er sich auf die Gräfin von Vandenesse stürzte, wie ein Sperber auf seine Beute. Das holde Geschöpf in seinem Schmuck von Marabufedern, der die reizvolle Weichheit Lawrencescher Porträts hervorrief, wurde durch die kochende Energie des vor Ehrgeiz rasenden Dichters betört. Lady Dudley, der nichts entging, begünstigte dies Zwiegespräch, indem sie den Grafen von Vandenesse mit Frau von Manerville zusammenbrachte. Diese zog Felix kraft ihres alten Einflusses in die Schlingen eines Disputs voll herausfordernder Worte und Anvertrauungen, die sie durch Rotwerden verschönte, voll bedauernder Anspielungen, die sie ihm wie Blumen zu Füßen warf, und voller Anschuldigungen, bei denen sie sich ins Recht setzte, um Unrecht zu erhalten. Es war das erstemal seit ihrem Bruch, daß die beiden sich unter vier Augen sprachen. Während die alte Geliebte ihres Gatten in der Asche ihrer erloschenen Freuden nach ein paar Funken wühlte, verspürte Frau Felix von Vandenesse jenes heftige Herzklopfen, das bei jeder Frau die Gewißheit hervorruft, etwas Unrechtes zu tun und auf verbotenen Wegen zu wandeln. Solche Wallungen sind nicht ohne Reiz und erwecken so viele schlummernde Kräfte. Noch heute, wie im Märchen von Blaubart, greifen alle Frauen gern nach dem blutbefleckten Schlüssel – eine prachtvolle mythologische Vorstellung, ein Ruhmesblatt Perraults.

Der Dramatiker kannte seinen Shakespeare. Er entrollte ein Bild seiner Leiden, erzählte von seinem Kampf mit Menschen und Dingen, ließ seine ungestützte Größe, sein verkanntes politisches Genie, sein Leben ohne edle Neigung durchblicken. Ohne ein Wort davon zu sagen, suggerierte er der reizenden Frau, daß sie in seinem Leben die erhabene Rolle spielen sollte, die Rebekka in »Ivanhoe« spielt: ihn zu lieben, zu beschützen. Alles vollzog sich in den luftigen Gefilden des Gefühls. Die Vergißmeinnicht sind nicht blauer, die Lilien nicht reiner, die Stirnen der Seraphim nicht weißer als die Bilder, die Darstellungen und die klare, strahlende Stirn dieses Künstlers waren, der sein Gespräch in Druck geben konnte. Er spielte seine Schlangenrolle so gut, ließ den Apfel des Sündenfalls vor den Augen der Gräfin in so leuchtenden Farben prangen, daß Marie, als sie den Ball verließ, von Gewissensbissen gepeinigt wurde, die zugleich holde Hoffnungen waren. Sie fühlte sich durch seine Komplimente bestrickt, die ihrer Eitelkeit schmeichelten, fühlte ihr Herz bis in die tiefsten Falten aufgeregt, fühlte sich an ihren Tugenden gepackt, durch das Mitleid mit seinem Unglück verführt.

Vielleicht hatte Frau von Manerville Vandenesse bis in den Salon geführt, in dem seine Frau mit Nathan plauderte. Vielleicht war er auch von selbst hingekommen, um Marie zu suchen und nach Hause zu fahren. Vielleicht hatte seine Unterhaltung auch entschlafenen Kummer erweckt. Wie dem auch sei: als sie ihn um seinen Arm bat, sah sie, daß seine Stirn umwölkt, sein Ausdruck verträumt war. Die Gräfin fürchtete, daß sie gesehen worden wäre. Sobald sie mit Felix allein im Wagen saß, fragte sie ihn mit ihrem feinsten Lächeln:

»Unterhieltest du dich nicht mit Frau von Manerville, mein Lieber?«

Felix war noch nicht aus dem Dornengestrüpp dieses reizenden ehelichen Streites heraus, als der Wagen vor dem Hause vorfuhr. Das war die erste List der Liebe. Marie war stolz auf ihren Sieg über einen Mann, der ihr bisher so überlegen erschien. Sie genoß die erste Freude, die ein notwendiger Erfolg bereitet.

In einem Durchgang zwischen der Rue basse du Rempart und der Rue Neuve des Mathurins hatte Raoul im dritten Stock eines niedrigen, häßlichen Hauses eine öde, kahle, kalte Wohnung. Hier hauste er für die große Welt der Gleichgültigen, für angehende Literaten, für seine Gläubiger, für lästige Menschen und die verschiedenen Störenfriede, die an der Schwelle des Privatlebens bleiben sollen. Seine wirkliche Wohnung, in der er sein großes repräsentatives Leben führte, befand sich bei Fräulein Florine, einer Schauspielerin zweiten Ranges, die aber seit zehn Jahren von Nathans Freunden, den Zeitungen und einigen Schriftstellern zu einer der ersten Bühnengrößen erhoben wurde. Raoul hatte sich seit zehn Jahren derart an sie gehängt, daß er sein halbes Leben bei ihr verbrachte. Er aß bei ihr, wenn er keinen Freund einzuladen hatte oder in der Stadt essen mußte. Mit völliger Verdorbenheit verband Florine einen sprühenden Geist, den der Umgang mit Künstlern entwickelt hatte, und den ihr Verkehr täglich schliff.

Geist gilt bei Schauspielern ja als seltene Eigenschaft. Es ist so natürlich zu glauben, daß Leute, die ihr ganzes Leben nach außen projizieren, nichts Innerliches haben! Bedenkt man jedoch die geringe Zahl von Schauspielern und Schauspielerinnen, die in jedem Zeitalter leben, und die Menge von dramatischen Schriftstellern und verführerischen Frauen, die dieselbe Zeit hervorbringt, so darf man diese Ansicht widerlegen, denn sie beruht auf einer ewigen Kritik an den Bühnenkünstlern, denen man vorwirft, ihre persönlichen Empfindungen im plastischen Ausdruck der Leidenschaften zu verlieren, während sie dazu nur die Kräfte des Geistes, des Gedächtnisses und der Phantasie gebrauchen. Die großen Künstler sind Wesen, die nach Napoleons Wort die natürliche Verbindung zwischen Sinnlichkeit und Denken willkürlich aufheben. Molière und Talma waren auf ihre alten Tage verliebter als Durchschnittsmenschen. Florine, die gezwungen war, Journalisten reden zu hören, die alles erraten und berechnen, Schriftsteller, die alles voraussehen und sagen, und gewisse Politiker, die bei ihr verkehrten und sich die Einfälle eines jeden zunutze machten, war selbst ein Gemisch von Engel und Teufel und als solche würdig, diese durchtriebenen Leute zu empfangen. Sie setzte sie durch ihre Kaltblütigkeit in Entzücken.

Ihr Haus, durch galante Spenden verschönt, zeigte den übertriebenen Luxus der Frauen, die wenig nach dem Wert der Dinge fragen und sich nur um diese Dinge selbst kümmern, ja ihnen den Wert ihrer Launen geben, die in einem Wutanfall einen Fächer, eine Räucherschale zerbrechen, die einer Königin würdig sind, und laut aufschreien, wenn man einen Porzellannapf für zehn Franken zerschlägt, aus dem ihre kleinen Hunde trinken. Ihr Speisesaal voll erlesenster Geschenke gibt einen rechten Begriff von dem Durcheinander dieses königlichen, geringschätzigen Luxus. Alle Wände, selbst die Decke, trugen Vertäfelungen aus geschnitztem Eichenholz, die durch matte Goldleisten gehoben waren. Die einzelnen Felder waren von Putten umrahmt, die mit Fabeltieren spielten. Das flirrende Licht fiel hier auf eine Skizze von Descamps, dort auf einen Gipsengel, der ein Weihwasserbecken hielt, eine Gabe von Antonin Moine; weiterhin auf irgendein kokettes Bild von Eugen Deveria, eine düstre spanische Alchymistengestalt von Louis Boulanger, einen eigenhändigen Brief Lord Byrons an Karoline in einem von Elschoet geschnitzten Ebenholzrahmen und als Gegenüber einen Brief Napoleons an Josephine. Das alles war ohne jede Symmetrie, aber mit unauffälliger Kunst gehängt. Der Geist wurde gleichsam überrascht. Es lag Koketterie und Lässigkeit darin, zwei Dinge, die sich nur bei Künstlern vereint finden. Auf dem Kamin, einem reizenden Schnitzwerk, stand nichts als eine seltsame Florentiner Elfenbeinstatue, dem Michelangelo zugeschrieben, ein Faun, der unter dem Fell eines jungen Hirten ein Mädchen findet; das Original befindet sich im Schatze zu Wien; weiterhin auf beiden Seiten eine Pechpfanne von einem Renaissancekünstler. Eine Stutzuhr von Boule auf einem Untersatz von Schildpatt mit eingelegten Arabesken prangte in der Mitte eines Wandfeldes zwischen zwei Statuetten, die aus irgendeiner zerstörten Abtei stammten. In den Ecken glänzten hohe Stehlampen, wahre Prachtstücke, mit denen ein Fabrikant ein paar zugkräftige Reklamen für die Notwendigkeit der Ausstattung der Lampen mit japanischen Becken bezahlt hatte. Auf einem wunderbaren Ständer prunkte kostbares Silberzeug, der Siegespreis eines Kampfes, in dem ein englischer Lord die Überlegenheit der französischen Nation anerkannt hatte, ferner Porzellan mit erhabenen Figuren; kurz, der erlesene Luxus eines Künstlers, der kein andres Kapital hat als seine Einrichtung.

Das violette Schlafzimmer war der Traum einer Tänzerin im Beginn ihrer Laufbahn: mit weißer Seide gefütterte Samtvorhänge, die über einen Tüllschleier drapiert waren; die Decke aus weißem, durch violetten Satin gehobenen Kaschmir; am Bettfuß ein Hermelinteppich; unter dem Betthimmel, der einer umgestülpten Lilie glich, eine Laterne, um Zeitungen vor ihrem Erscheinen zu lesen. Ein Salon in Gelb, durch Ornamente in der Farbe der Florentiner Bronze belebt, stand im Einklang mit all dieser Pracht. Aber jede genaue Beschreibung käme nur einem öffentlichen Anschlag zum Zweck der Versteigerung gleich. Um etwas Vergleichbares für all diese Herrlichkeiten zu finden, hätte man zwei Schritt weiter zu Rothschild gehen müssen.

Sophie Grignoult, mit dem üblichen Theaternamen Florine genannt, hatte trotz ihrer Schönheit auf kleinen Bühnen begonnen. Ihren Erfolg und ihren Wohlstand verdankte sie Raoul Nathan. Die Verknüpfung ihrer beiden Lebensschicksale, in der Literatur- und Theaterwelt keine Seltenheit, tat Raoul keinerlei Abbruch, denn er wahrte als bedeutender Mann den Anstand. Florines Glück stand gleichwohl nicht auf festen Füßen. Ihre Zufallseinkünfte beruhten auf ihren Engagements und Gastspielen und reichten kaum für ihre Toilette und ihren Haushalt aus. Nathan vermehrte sie durch einige Beisteuern, die er neuen Industrieunternehmungen auferlegte. Aber wiewohl er stets galant und ihr Beschützer war, hatte seine Protektion doch nichts Regelmäßiges und Sicheres. Diese Unsicherheit, dies In-den-Tag-hinein-leben erschreckte Florine nicht. Sie glaubte an ihr Talent, glaubte an ihre Schönheit. Dieser robuste Glaube hatte etwas Komisches für alle, die sie ihre Zukunft darauf bauen sahen, wenn man ihr Vorhaltungen machte. »Ich werde Renten haben, wenn es mir beliebt, welche zu haben,« pflegte sie zu sagen. »Ich habe bereits fünfzig Franken im Staatsschuldbuch.«

Niemand begriff, wie sie bei ihrer Schönheit sieben Jahre verborgen bleiben konnte. In Wahrheit aber wurde Florine schon mit dreizehn Jahren Statistin und trat zwei Jahre später auf einer obskuren Boulevardbühne auf. Mit fünfzehn Jahren ist weder Schönheit noch Talent vorhanden; ein weibliches Wesen ist dann noch ein Wechsel auf die Zukunft. Damals war sie achtundzwanzig Jahre, der Gipfelpunkt der Schönheit der Französinnen. Die Maler sahen bei Florine vor allem den Glanz ihrer weißen Schultern mit dem olivenfarbenen Schimmer in der Nackengegend; aber diese Schultern waren fest und glatt; das Licht spielte darauf wie auf einem Moireestoff. Wandte sie den Kopf, so entstanden an ihrem Halse wundervolle Falten, die Bewunderung der Bildhauer. Auf diesem majestätischen Halse trug sie das Köpfchen einer römischen Kaiserin, den eleganten, feinen, runden, energischen Kopf der Poppäa, mit Zügen von geistreicher Korrektheit und der glatten Stirn der Frauen, die Sorgen und Nachdenken verscheuchen, die leicht nachgeben, aber auch störrisch sein können wie Maulesel und dann nichts mehr hören. Diese wie mit einem Meißelhiebe geformte Stirn krönten schöne aschblonde Haare, die nach römischer Art vorn in zwei gleichen Massen gerafft waren und am Hinterkopf einen Knauf bildeten, der den Kopf verlängerte und durch seine Farbe die Weiße des Nackens unterstrich. Feine schwarze Augenbrauen, wie von einem chinesischen Maler gemalt, umrahmten ihre weichen Lider, durch die ein Netz rosiger Adern schimmerte. Ihre lebhaft strahlenden Augäpfel waren durch braune Streifen gescheckt, die ihrem Blick die grausame Starrheit von Raubtieren gaben und die kalte Bosheit der Kurtisane unterstrichen. Ihre wundervollen Gazellenaugen waren von schönem Grau und von langen schwarzen Wimpern überschattet, ein reizender Gegensatz, der den Ausdruck lauernder, stiller Wollust noch fühlbarer machte. Um die Augen lagen müde Schatten, aber ihr künstlerischer Augenaufschlag oder Seitenblick, um etwas zu beobachten oder nachdenklich zu scheinen, der Bühnenkunstgriff, starr vor sich hinzublicken und ihre Augen dabei hell aufleuchten zu lassen, ohne den Kopf zu bewegen, ohne eine Miene zu verziehen, und die Lebhaftigkeit ihrer Blicke, wenn sie einen ganzen Saal durchmaß, um einen Menschen zu suchen, machten ihre Augen zu den furchtbarsten, sanftesten und eigenartigsten auf der Welt. Die Schminke hatte die holde Durchsichtigkeit ihrer zarten Wangen zerstört, aber wenn sie auch nicht mehr erröten und erblassen konnte, so hatte sie doch ein Näschen mit rosigen, leidenschaftlichen Nasenflügeln, wie geschaffen, um die Ironie und Spottlust der Molièreschen Mägde auszudrücken. Ihr sinnlicher, verschwenderischer Mund, ebenso geschaffen zur Bosheit wie zur Liebe, wurde durch die beiden Ränder der Furche verschönt, die die Oberlippe mit der Nase verbanden. Ihr weißes, etwas starkes Kinn deutete auf ein gewisses Ungestüm in der Liebe. Ihre Hände und Arme waren einer Königin würdig. Aber ihre Füße waren breit und kurz, ein untilgbares Zeichen ihrer niedren Herkunft. Nie hat ein Erbstück gleiche Sorgen verursacht. Florine hatte alles versucht, außer der Amputation, um die Form ihrer Füße zu ändern. Sie blieben widerspenstig wie die Bretonen, denen sie ihr Leben verdankte; sie widerstanden allen Sachverständigen, allen Behandlungen. Florine trug hohe, innen gefütterte Schnürstiefel, um eine Biegung ihres Fußes vorzutäuschen. Sie war mittelgroß, neigte zum Starkwerden und hatte pralle Hüften.

Was ihren Charakter betraf, so kannte sie alle Ziereien und Neckereien, alle Würzen und Schäkereien ihres Handwerks in- und auswendig. Sie gab ihnen sogar einen besonderen Reiz, indem sie die Kindliche spielte und aus den philosophischen Bosheiten in ein harmloses Lachen hinüberglitt. Anscheinend unwissend und unbesonnen, war sie im Rechnen und in der geschäftlichen Rechtskunde sehr stark. Hatte sie doch Elend genug durchgekostet, bevor sie die Höhe ihrer zweifelhaften Erfolge erklommen hatte! Durch wieviel Abenteuer war sie von Stockwerk zu Stockwerk bis zum ersten hinabgelangt! Sie kannte das Leben, von der Stufe, wo man mit Brie-Käse beginnt, bis zu der, wo man nachlässig Ananasbeignets schlürft, von der Stufe, wo man sich im Winkel eines Dachstübchens auf einem irdenen Herd wäscht und kocht, bis zu der, wo man den Heerbann der dickbäuchigen Kochkünstler und der frechen Soßenbereiter aufbietet. Sie hatte den Kredit in Anspruch genommen, ohne ihn zu überspannen. Sie wußte alles, was die anständigen Frauen nicht wissen, sprach alle Sprachen, war ein Kind des Volkes aus Erfahrung und adlig durch ihre Schönheit. Sie war schwer zu überraschen und setzte alles voraus, wie ein Spion, ein Richter oder ein alter Staatsmann, und so konnte sie alles herausfinden. Sie kannte die Kniffe, die man den Lieferanten gegenüber anwendet, und deren Kniffe, kannte den Preis aller Dinge wie ein Taxator. Wenn sie auf ihrer Chaiselongue hingegossen lag, wie eine weiße, frische, jung verheiratete Frau, in der Hand eine Rolle, die sie lernte, so konnte man sie für ein sechzehnjähriges Kind halten, naiv, unwissend, schwach, ohne andre Waffen als ihre Unschuld. Kam aber ein lästiger Gläubiger herbei, so richtete sie sich auf wie ein überraschtes junges Wild und stieß einen richtigen Fluch aus.

»Nun, mein Lieber, Ihre Unverschämtheiten sind Zinsen genug für das Geld, das ich Ihnen schulde,« sagte sie dann. »Ich hab' es satt, Sie zu sehen. Schicken Sie mir einen Gerichtsvollzieher, den seh' ich lieber als Ihr blödes Gesicht.«

Florine gab reizende Diners, regelrechte Konzerte und Abendgesellschaften, bei denen höllisch gespielt wurde. Ihre Freundinnen waren samt und sonders schön. Nie erschien eine alte Frau bei ihr; Eifersucht war ihr unbekannt, vielmehr sah sie darin ein Geständnis eigner Minderwertigkeit. Sie hatte mit Coralie und der Torpille verkehrt; sie verkehrte mit Tullia, Euphrasia, Aquilina, Madame du Val-Noble und Mariette – all den Frauen, die wie Sommerfäden durch Paris ziehen, und von denen man nicht weiß, woher sie kommen und wohin sie gehen, heute Königinnen, morgen Sklavinnen – daneben mit den Schauspielerinnen, ihren Nebenbuhlerinnen, mit Sängerinnen, kurz mit der ganzen weiblichen Halbwelt, die so wohltuend, so anmutig in ihrer Sorglosigkeit ist und deren Zigeunerleben alle mitreißt, die sich in den wirren Tanz ihres schwungvollen, leidenschaftlichen, zukunftverachtenden Daseins verstricken lassen. Obwohl das Zigeunerleben sich in ihrem Hause in seiner ganzen Regellosigkeit austobte und die Künstlerin aus voller Kehle darüber lachte, hatte sie doch ihre zehn Finger und konnte so gut rechnen wie keiner ihrer Gäste. Hier wurden die geheimen Saturnalien der Literatur und Kunst im Verein mit Politik und Finanz begangen. Hier herrschte die Begierde als unumschränkte Herrin; hier waren Spleen und Laune ebenso geheiligt, wie bei einer Bürgerfrau Ehre und Tugend. Hier erschienen Blondet, Finot, Etienne Lousteau, ihr siebenter Liebhaber, der für den ersten galt, der Feuilletonist Felicien Vernou, Couture, Bixiou, früher Rastignac, der Kritiker Claude Vignon, der Bankier Nucingen, du Tillet, der Komponist Conti, kurz, die verteufelte Schar der wildesten Rechner auf allen Gebieten, ferner die Freunde der Sängerinnen, Tänzerinnen und Schauspielerinnen, mit denen Florine verkehrte. Diese ganze Gesellschaft liebte oder haßte sich, je nach den Umständen. Diese banale Stätte, zu der jede Berühmtheit Zutritt hatte, war gewissermaßen das verrufene Haus des Geistes und das Bagno der Intelligenz. Man betrat es nur, wenn man regelrecht sein Glück gemacht, zehn Jahre im Elend gelebt, zwei oder drei Leidenschaften erwürgt, irgendeine Berühmtheit erlangt hatte, sei es durch Bücher oder Westen, durch Dramen oder eine schöne Equipage. Hier beschloß man die schlechten Streiche, die gespielt werden sollten, ergründete die Mittel, wie man sein Glück macht, spottete der Aufstände, die man tags zuvor erregt hatte, wog die Hausse und Baisse ab. Beim Fortgehen legte ein jeder wieder die Livree seiner öffentlichen Meinung an; hier konnte er, ohne sich bloßzustellen, seine eigne Partei kritisieren, die Kenntnis und das gute Spiel seiner Gegner zugeben, Gedanken aussprechen, die niemand eingesteht, kurz alles sagen, wie Leute, die alles tun können. Paris ist der einzige Ort auf der Welt mit solchen neutralen Häusern, wo alle Neigungen, alle Laster, alle Meinungen unter Wahrung der Form Zutritt finden. Und darum ist es noch nicht gesagt, daß Florine eine Schauspielerin zweiten Ranges bleibt.

Florines Leben ist zudem weder müßig noch beneidenswert. Viele werden durch das prächtige Piedestal bestochen, das die Bühne einer Frau bietet, und sie wähnen, sie lebte in einem ewigen Karnevalstaumel. In vielen Portierslogen, unter dem Ziegeldach mancher Dachkammer träumen arme Geschöpfe nach der Rückkehr vom Theater von Perlen und Diamanten, von goldgestreiften Kleidern und prachtvollen Halsketten. Sie sehen sich mit lichtumstrahlten Haaren, wähnen sich beklatscht, gekauft, angebetet, entführt, aber nicht eine kennt das Leben eines Zirkuspferdes, das die Schauspielerin führt, die Proben, zu denen sie erscheinen muß, will sie keine Strafe bezahlen, die Vorlesungen von Stücken, das dauernde Einstudieren neuer Rollen in einer Zeit, wo man in Paris alljährlich zwei- bis dreihundert Stücke spielt. Während jeder Vorstellung wechselt Florine zwei, dreimal das Kostüm und kehrt oft erschöpft und halbtot in ihre Garderobe zurück. Sie muß sich dann mit großem Aufgebot von kosmetischen Mitteln abschminken und abpudern, wenn sie eine Rolle aus dem 18. Jahrhundert gespielt hat. Kaum hat sie Zeit zum Essen. Wenn eine Schauspielerin spielt, darf sie sich weder schnüren, noch essen, noch reden. Florine hat keine Zeit mehr zum Soupieren. Wenn sie aus solchen Vorstellungen heimkehrt, die heutzutage bis in den nächsten Tag hinein dauern, muß sie dann nicht ihre Nachttoilette machen und Anweisungen geben? Liegt sie dann um 1 oder 2 Uhr zu Bett, so muß sie ziemlich früh wieder heraus, um ihre Rollen zu lernen, die Kostüme anzugeben, sie zu erklären und zu probieren, muß dann frühstücken, Liebesbriefe lesen und beantworten, mit den Leitern der Claque arbeiten, damit ihr Auftreten und Abtreten recht zur Geltung kommt, die Triumphe des vergangenen Monats damit bezahlen, daß sie die des laufenden Monats im voraus kauft. Zur Zeit des heiligen Genest, eines heilig gesprochenen Schauspielers, der seine frommen Pflichten erfüllte und ein Büßerhemd trug, muß das Theater wohl keine so wilde Tatkraft erheischt haben. Oft muß Florine sich krank melden, wenn sie das spießbürgerliche Vergnügen genießen will, Blumen auf dem Lande zu pflücken.

Aber diese rein mechanischen Beschäftigungen sind nichts im Vergleich zu den Intrigen, die zu spinnen sind, den Kümmernissen der verletzten Eitelkeit, den Bevorzugungen durch die Autoren, den weggenommenen oder wegzunehmenden Rollen, den Ansprüchen der Schauspieler, den Bosheiten einer Nebenbuhlerin, den Schikanen der Direktoren und Journalisten, die das Tagewerk verdoppeln. Soweit handelt es sich immer noch nicht um Kunst, um die Verkörperung von Leidenschaften, die Einzelheiten der Mimik, die Anforderungen der Bühne, auf der tausend Operngläser die Flecken in jeder Sonne entdecken, lauter Dinge, die das Leben und Denken der Talma, Lekain, Baron, Contat, der Clairon und Champsmeslé ausfüllten. In der höllischen Kulissen weit ist die Eigenliebe geschlechtslos: der Künstler oder die Künstlerin, die Erfolge erringen, haben Männer und Frauen gegen sich. Was die wirtschaftliche Lage betrifft, so deckten Florines Engagements, so beträchtlich sie sein mochten, nicht die Ausgaben für die Theatergarderobe, die, von den Kostümen ganz abgesehen, eine Unmenge langer Handschuhe und Schuhe erfordert und weder die Abendtoilette noch die Stadtkleidung ausschließt. Ein Drittel dieses Daseins vergeht mit Betteln, das zweite damit, sich zu behaupten, das dritte, sich zu verteidigen: alles ist Arbeit. Das Glück wird so leidenschaftlich genossen, weil es gleichsam geraubt, selten, lange ersehnt ist und sich zufällig inmitten abscheulicher unumgänglicher Vergnügungen und des Lächelns für die Zuschauer einfindet.

Für Florine war Raouls Macht wie ein schützendes Zepter. Er ersparte ihr viel Sorge und Verdruß, wie ehedem die vornehmen Herren ihren Mätressen, wie heutzutage manche Greise, die zu den Journalisten laufen und sie beschwören, wenn ein Wort in einem Winkelblättchen ihr Idol erschreckt hat. Sie hing an ihm mehr als an einem Liebhaber, vielmehr wie an einer Stütze. Sie sorgte für ihn wie für einen Vater und betrog ihn wie einen Gatten, aber sie hätte ihm alles geopfert. Raoul vermochte alles für ihre Künstlereitelkeit, für die Ungestörtheit ihrer Eigenliebe, für ihre Bühnenzukunft. Ohne Einmischung eines großen Autors gibt es ja keine große Schauspielerin. Die Champsmeslé verdankt man Racine, Mademoiselle Mars einem Monvel und Andrieux. Florine hingegen vermochte nichts für Raoul zu tun, und doch wäre sie ihm gern nützlich oder nötig gewesen. Sie rechnete auf die Lockungen der Gewohnheit, war stets bereit, ihre Salons zu öffnen, den Luxus ihrer Tafel für seine Pläne, seine Freunde zu entfalten. Kurz, sie wollte für ihn das sein, was die Pompadour für Ludwig XV. war. Die Schauspielerinnen beneideten Florine um ihre Stellung, wie einige Journalisten Raoul um die seine. Nun werden alle, die die Neigung des Menschengeistes zum Gegensatz und Widerspruch kennen, wohl begreifen, daß Raoul nach zehn Jahren dieses zügellosen Zigeunerlebens voller Höhen und Tiefen, Feste und Pfändungen, Nüchternheit und Orgien sich nach einer reinen und keuschen Liebe sehnte, nach dem sanften und harmonischen Heim einer vornehmen Dame, ebenso wie die Gräfin Felix von Vandenesse die Eintönigkeit ihres Glückes durch die Qualen der Leidenschaft zu beleben wünschte. Dies Gesetz des Lebens ist auch das aller Künste, die nur von Gegensätzen leben. Ein Werk, das ohne dies Hilfsmittel entstanden ist, ist der höchste Ausdruck des Genius, wie das Kloster die größte Kraftleistung des Christentums ist.

Bei seiner Rückkehr fand Raoul ein Billett von Florine vor, das ihre Kammerzofe gebracht hatte. Aber der Schlaf übermannte ihn und er konnte es nicht mehr lesen. Er entschlief in den ersten Wonnen der holden Liebe, die seinem Leben gefehlt hatte. Ein paar Stunden später las er den Brief. Er enthielt wichtige Nachrichten, die weder Rastignac noch de Marsay hatten durchsickern lassen. Dank einer Indiskretion hatte die Schauspielerin erfahren, daß die Kammer nach der Sitzungsperiode aufgelöst würde. Sofort ging Raoul zu Florine und schickte nach Blondet. In dem Boudoir der Schauspielerin erörterten Emil und Raoul, die Füße am Kaminfeuer, die politische Lage Frankreichs im Jahre 1834. Auf welcher Seite lagen die besten Aussichten auf Erfolg? Sie gingen alle durch, die reinen Republikaner, die Präsidentschaftsrepublikaner, die Republikaner ohne Republik, die Konstitutionellen ohne Monarchie, die konstitutionellen Monarchisten, die konservativen Ministeriellen, die absolutistischen Ministeriellen, dann die Rechte, die zu Konzessionen bereit ist, die aristokratische, legitimistische, karlistische und die Heinrich V. huldigende Rechte. Zwischen den Parteien des Rückschritts und des Fortschritts gab es keine Wahl: ebensogut konnte man über Leben und Tod streiten.

Eine Fülle von Zeitungen, die damals für alle diese Schattierungen entstanden waren, lieferte den Beweis für den furchtbaren politischen Wirrwarr der Zeit, den *Brei*, wie ein Soldat es nannte. Blondet, der urteilsfähigste Geist der Zeit, aber urteilsfähig für die andern, nie für sich, wie jene Advokaten, die ihre eigenen Geschäfte schlecht besorgen, war bei diesen privaten Erörterungen hervorragend. Er gab Nathan also den Rat, nicht plötzlich umzuschwenken.

»Junge Republiken, hat Napoleon gesagt, macht man nie aus alten Monarchien. Also, mein Lieber, werde du zum Helden, zur Stütze, zum Schöpfer des linken Zentrums der nächsten Kammer, und du wirst in der Politik dein Glück machen. Ist man erst mal am Ruder, in der Regierung, so stellt man sich wie man will und geht mit allen siegreichen Richtungen.«

Nathan beschloß die Gründung einer politischen Tageszeitung, deren unumschränkter Herr er sein wollte. Die Zeitung sollte mit kleinen Blättern, von denen es in der Presse wimmelte, verschmolzen werden und Beziehungen zu einer Zeitschrift aufnehmen. Durch die Presse waren so viele ringsum emporgekommen, daß Nathan nicht auf Blondets Rat hörte, der ihn warnte, sich nicht darauf zu verlassen. Blondet bewies ihm das Verkehrte seiner Spekulation. Die Zahl der Zeitungen, die sich um die Abonnenten stritten, war übergroß; die ganze Presse schien ihm überlebt. Aber Raoul vertraute auf seine angeblichen Beziehungen und seinen Mut. Er stürzte sich voller Wagemut hinein. In hochmütiger Regung stand er auf und sagte:

»Es wird mir gelingen!«

»Du hast keinen Groschen!«

»Ich schreibe ein Drama!«

»Es wird durchfallen.«

»Nun schön, laß es durchfallen,« sagte Nathan.

Er raste mit Blondet, der ihn für verrückt hielt, durch Florines Wohnung; dann warf er gierige Blicke auf die darin angehäuften Schätze: nun verstand ihn Blondet.

»Das sind etwas über hunderttausend Franken,« sagte Emil.

»Ja,« seufzte Raoul vor dem Prunkbett Florines. »Aber lieber verkaufte ich für den Rest meines Lebens Sicherheitsketten auf den Boulevards und lebte von Bratkartoffeln, als daß ich einen Nagel von dieser Einrichtung verkaufte.«

»Keinen Nagel,« sagte Blondet, »aber alles. Der Ehrgeiz ist wie der Tod, er muß seine Hand auf alles legen; er weiß, daß das Leben ihm auf den Fersen sitzt.«

»Nein! hundertmal nein! Von der Gräfin von gestern nähme ich alles, aber Florine ihr Heim wegnehmen ...«

»Ihre Münzstätte umstürzen,« sagte Blondet mit tragischer Miene, »die Wage zerbrechen, den Münzstempel zerschlagen, das ist schwer.«

»Soviel ich verstanden habe, willst du dich auf die Politik werfen, statt aufs Theater,« bemerkte Florine, die plötzlich dazukam.

»Ja, mein Kind, ja,« sagte Raoul in gutmütigem Tone, umschlang ihren Hals und küßte sie auf die Stirn. »Du schmollst? Verlierst du dabei etwas? Wird der Minister der Königin der Bretter kein besseres Engagement verschaffen als der Journalist? Wirst du keine Rollen und Gastspiele kriegen?«

»Wo willst du das Geld hernehmen?« fragte sie.

»Von meinem Onkel.«

Florine kannte Raouls Onkel. Er meinte damit den Wucherer, wie man im Volksmunde von der Tante spricht, wenn man das Leihhaus meint.

»Beunruhige dich nicht, kleiner Schatz,« sagte Blondet zu Florine, indem er ihr auf die Schulter klopfte. »Ich werde ihm die Unterstützung von Massol verschaffen. Das ist ein Advokat, der wie alle Advokaten einmal Justizminister werden möchte. Und den Beistand von du Tillet, der Abgeordneter werden möchte, von Finot, der noch hinter einer kleinen Zeitung steht, von Plantin, der Beisitzer im Staatsrat werden möchte und Verbindung mit einer Zeitschrift hat. Jawohl, ich werde ihn vor ihm selbst retten. Wir werden Etienne Lousteau hierher zitieren, der das Feuilleton schreiben wird, Claude Vignon, der die hohe Kritik machen soll. Felicien Vernou wird die Haushälterin der Zeitung sein, der Advokat wird arbeiten, du Tillet wird sich der Börse und der Industrie annehmen, und wir werden sehen, wozu sie es mit vereinigtem Willen im gemeinsamen Joche bringen.«

»Zum Armenhaus oder zum Ministerium,« sagte Raoul, »wohin die geistig und leiblich ruinierten Menschen gelangen.«

»Wann verhandelt Ihr mit ihnen?«

»Hier, in fünf Tagen,« sagte Raoul.

»Du wirst mir sagen, wieviel Geld dazu nötig ist,« sagte Florine schlicht.

»Aber der Advokat, du Tillet und Raoul können die Sache nicht anfangen, ohne jeder etwa 100 000 Franken zu haben,« wandte Blondet ein. »Dann hält sich das Blatt anderthalb Jahre, solange wie es in Paris braucht, um sich durchzusetzen oder einzugehen.«

Florine machte ein Mäulchen, das Ja bedeutete. Die beiden Freunde nahmen sich einen Wagen, um die Gäste, die Federn, die Ideen und die Interessen zusammenzubringen. Die schöne Schauspielerin ließ vier reiche Geschäftsleute kommen, die mit Möbeln, Antiquitäten, Gemälden und Schmucksachen handelten. Diese Leute betraten ihr Heiligtum und nahmen das Inventar auf, als wäre Florine gestorben. Sie drohte mit einem öffentlichen Verkauf, falls sie ihr Gewissen einschnürten und auf eine bessere Gelegenheit warteten. Wie sie sagte, hatte sie einem englischen Lord in einer mittelalterlichen Rolle gefallen und wollte ihre ganze Einrichtung zu Geld machen, um arm zu erscheinen und ein prächtiges Privathaus zu bekommen, vor dessen Einrichtung Rothschild erblassen sollte. Was sie aber auch versuchte, um die Kaufleute einzuwickeln, sie boten nur 70 000 Franken für den ganzen Plunder, der 150 000 wert war. Florine, der nicht das mindeste daran lag, versprach das ganze nach sieben Tagen für 80 000 Franken herzugeben.

»Ja oder nein?« sagte sie.

Der Handel wurde geschlossen. Als die Kaufleute fort waren, hüpfte die Schauspielerin vor Freude, wie die Hügel des Königs David. Sie beging tausend Torheiten: für so reich hatte sie sich nicht gehalten. Als Raoul kam, spielte sie ihm gegenüber die Gekränkte. Er hätte sie verlassen, sagte sie. Sie hätte es sich überlegt: die Männer gingen nicht ohne Grund von einer Partei zur andern, noch vom Theater zur Kammer über. Sie hätte eine Nebenbuhlerin! Was ist doch der Instinkt! Sie ließ sich ewige Liebe schwören. Fünf Tage darauf gab sie das glänzendste Diner auf der Welt. Die Zeitung wurde bei ihr in Strömen von Wein und Scherzen, in Schwüren von Treue, guter Kameradschaft und festem Zusammenhalten getauft. Ihr Name, der heute vergessen ist, wie der »Liberal«, der »Communal«, der »Départemental«, der »Garde national«, der »Fédéral«, der »Impartial«, war etwas auf *al*, das zu Fall kommen sollte.

Nach den zahlreichen Beschreibungen von Orgien, die diese literarische Phase bezeichneten, in der sehr wenig Orgien in den Dachstuben stattfanden, in denen sie beschrieben wurden, ist es sehr schwer, Florines Orgie zu beschreiben. Nur ein Wort. Um drei Uhr morgens konnte Florine sich auskleiden und zur Ruhe gehen, als wäre sie allein, obwohl niemand fortgegangen war. Die Leuchten des Zeitalters schliefen wie das liebe Vieh. Als am hellen Morgen die Packer, Agenten und Träger erschienen, um den ganzen Luxus der berühmten Schauspielerin fortzuschleppen, mußte sie laut lachen, als sie sah, wie die Leute diese Berühmtheiten wie große Möbelstücke ergriffen und sie auf den Fußboden legten. So gingen alle ihre Herrlichkeiten von dannen. Florine überlieferte alle ihre Erinnerungen den Kaufleuten, in deren Läden kein Vorübergehender ihnen ansehen konnte, wo oder wie diese Blüten des Luxus erstanden worden waren. Nach der Vereinbarung behielt Florine bis zum Abend ihre besonderen Habseligkeiten, ihr Bett, ihren Tisch und ihr Tischgerät, um ihre Gäste zu bewirten. Nachdem die Schöngeister unter den eleganten Vorhängen des Reichtums eingeschlafen waren, erwachten sie zwischen den kahlen, leeren Wänden des Elends mit ihren Nagelspuren und den wunderlichen Häßlichkeiten, die unter den Wandverkleidungen hervorkamen, wie die Strippen hinter den Operndekorationen.

»Florine, die Ärmste, ist ausgepfändet!« rief Bixiou, einer der Gäste. »Die Beutel heraus! Eine Subskription!«

Bei diesen Worten sprang alles auf. Alle Taschen wurden geleert und es kamen bare 37 Franken heraus, die Raoul lachend der lachenden Florine überbrachte. Die glückliche Kurtisane erhob den Kopf von ihrem Kopfkissen und wies auf ihre Bettdecke. Dort lagen Haufen von Banknoten, so dick wie in den Zeiten, wo die Kopfkissen der Kurtisanen jahraus jahrein ebensoviel einbrachten. Raoul rief Blondet.

»Ich verstehe,« sagte dieser. »Der Racker hat alles verramscht, ohne uns was zu sagen. Gut, kleiner Engel!«

Dieser Witz bewirkte, daß die Schauspielerin halb bekleidet von den wenigen Freunden, die noch da waren, im Triumph in das Eßzimmer getragen wurde. Der Advokat und die Bankleute waren fortgegangen. Am Abend hatte Florine im Theater einen rauschenden Erfolg. Das Gerücht von ihrem Opfer hatte sich im Saale verbreitet.

»Beifall für mein Talent wäre mir lieber,« sagte ihre Nebenbuhlerin im Foyer zu ihr.

»Ein natürlicher Wunsch bei einer Künstlerin, die bisher nur für ihre Gefälligkeit Beifall erhielt,« gab sie zurück.

Während des Abends hatte Florines Kammerzofe in der Passage Sandrié, in Raouls Wohnung, Quartier für sie gemacht. Der Journalist mußte in dem Hause nächtigen, in dem das Zeitungsbureau untergebracht war. Das war die Nebenbuhlerin der reinen Frau von Vandenesse. In seiner Phantasie schloß Raoul die Schauspielerin und die Gräfin wie mit einem Ringe zusammen. Ein furchtbarer Knoten, den eine Herzogin unter Ludwig XV. zerschnitten hatte, indem sie die Lecouvreur vergiften ließ; eine sehr begreifliche Rache, wenn man die Größe der Kränkung bedenkt.

Florine legte den ersten Schritten von Raouls Leidenschaften nichts in den Weg. Sie durchschaute die falsche Rechnung bei dem schwierigen Unternehmen, in das er sich stürzte, und wollte sechs Monate Urlaub nehmen, Raoul führte die Verhandlungen mit Nachdruck und führte sie derart zum Ziel, daß er sich bei Florine noch beliebter machte. Mit dem gesunden Verstand des Bauern in der Lafontaineschen Fabel, der für das Essen sorgt, während die Patrizier schwatzen, machte die Schauspielerin in der Provinz und im Ausland Gastspielreisen, um den berühmten Mann auszuhalten, während er nach Macht jagte.

Bisher haben wenige ein Bild von der Liebe gemalt, wie sie in den hohen Gesellschaftsschichten ist, reich an Größe und geheimem Elend, furchtbar in der Unterdrückung des Verlangens durch die dümmsten, gemeinsten Zufälle und oft durch Ermattung gebrochen. Vielleicht bekommt man hier eine Ahnung davon. Seit dem Tage nach dem Balle bei Lady Dudley glaubte Marie, ohne die schüchternste Erklärung gemacht oder erhalten zu haben, sich von Raoul nach dem Programm ihrer Träume geliebt, und Raoul wußte sich als Maries Erwählter. Obwohl keiner von beiden bis zu dem kritischen Punkte gelangt war, wo Männer wie Frauen die Vorbereitungen abkürzen, gingen beide rasch aufs Ziel. Raoul war der Sinnenfreuden überdrüssig; er strebte nach der Welt des Ideals, wogegen Marie, der nicht einmal der Gedanke an einen Fehltritt gekommen war. sich gar nicht vorstellte, daß sie diese Welt verlassen könnte. So war tatsächlich keine Liebe unschuldiger und reiner als die Raouls und Maries, aber keine war in der Vorstellung leidenschaftlicher und köstlicher. Die Gräfin schwelgte in Vorstellungen, die der Ritterzeit würdig, aber völlig modernisiert waren. Im Sinn ihrer Rolle war der Widerwille ihres Gatten gegen Nathan kein Hindernis mehr für ihre Liebe. Je weniger Achtung Raoul verdient hätte, um so größer wäre sie gewesen. Die feurigen Worte des Dichters fanden mehr Widerhall in ihrem Busen als in ihrem Herzen. Beim Rufe der Leidenschaft war das Mitleid in ihr erwacht. Diese Königin der Tugenden heiligte in den Augen der Gräfin ihre Herzenswallungen, ihre Wonnen und die Heftigkeit ihrer Liebe beinahe. Sie fand es schön, eine irdische Vorsehung für Raoul zu sein. Welch schöner Gedanke, mit ihrer weißen, schwachen Hand diesen Koloß zu stützen, dessen tönerne Füße sie nicht sehen wollte, da Leben zu spenden, wo es fehlte, insgeheim die Urheberin einer großen Laufbahn zu sein, einem genialen Menschen im Kampf mit dem Schicksal beizustehen und ihm zum Siege zu verhelfen, ihm seine Schärpe für das Turnier zu sticken, ihm Waffen zu widmen, ihm den Talisman gegen Zauber und den Balsam gegen Wunden zu geben! Bei einer Frau mit Maries Erziehung, fromm und edel wie sie, mußte die Liebe zum wonnigen Mitleid werden. Daher ihre Unbedenklichkeit. Reine Gefühle stellen sich mit einer stolzen Verachtung bloß, die der Schamlosigkeit der Kurtisanen ähnelt. Sobald sie durch eine spitzfindige Auslegung sicher war, die eheliche Treue nicht zu verletzen, gab sich die Gräfin der Freuden ihrer Liebe zu Raoul mit vollem Herzen hin. Die nichtigsten Dinge des Lebens dünkten ihr jetzt reizvoll. Ihr Boudoir, in dem sie an ihn dachte, wurde ihr zum Heiligtum. Selbst ihr hübscher Schreibtisch erweckte in ihrer Seele die tausend Freuden des Briefwechsels. Sie hatte Briefe zu lesen, zu verstecken, zu beantworten. Die Toilette, diese herrliche Dichtung des Frauenlebens, die von ihr erschöpft oder nicht gewürdigt worden war, schien ihr jetzt mit einer bisher unbemerkten Zauberkraft begabt. Die Toilette wurde für sie plötzlich zu dem, was sie für alle Frauen ist, ein beständiger Ausdruck des innersten Denkens, eine Sprache, ein Symbol. Wieviel Genuß lag in einem Putz, den sie anlegte, um ihm zu gefallen, um ihm Ehre zu machen! Höchst naiv überließ sie sich der reizenden Putzsucht, die das Leben der Pariserinnen ausfüllt und die allem, was man an ihnen, in ihnen, bei ihnen sieht, so große Bedeutung verleiht! Es gibt sehr wenig Frauen, die nur um ihrer selbst willen in ein Seidengeschäft, zum Modeladen, zu guten Schneidern gehen. Sind sie alt, so denken sie nicht mehr daran, sich zu schmücken. Sieht man im Vorbeigehen ein Gesicht einen Augenblick vor einem Ladenfenster halt machen, so prüfe man es genau. Die Frage: »Fände er mich wohl schöner damit?« steht auf den hellen Stirnen, in den hoffnungsstrahlenden Augen, in dem auf den Lippen spielenden Lächeln geschrieben.

Der Ball bei Lady Dudley war an einem Sonnabend gewesen. Am Montag fuhr die Gräfin in die Oper, von der Gewißheit getrieben, Raoul dort zu sehen. Er hatte sich in der Tat auf einer der Treppen postiert, die zu den Proszeniumslogen herabführen. Mit welcher Wonne bemerkte sie die neue Sorgfalt, die ihr Geliebter auf seinen Anzug verwandt hatte! Dieser Verächter der Gesetze der Eleganz hatte eine wohlgepflegte Frisur, in deren tausend Lockenringen Parfüms glänzten. Seine Weste folgte der Mode, sein Kragen war gut gebunden, sein Hemd zeigte tadellose Falten. Unter dem gelben Handschuh, dem Gebot der Stunde, schienen seine Hände schneeweiß. Raoul hielt die Arme über der Brust verschränkt, als stände er für eine Porträtaufnahme. Er war voll großartiger Gleichgültigkeit gegen das ganze Theater, voll kaum bezähmter Ungeduld. Seine Augen, wiewohl niedergeschlagen, schienen die rote Samtbrüstung zu suchen, auf die Marie ihren Arm gelegt hatte. Felix saß in der andern Ecke der Loge und wandte Raoul den Rücken. Die kluge Gräfin hatte sich so gesetzt, daß sie auf die Säule herabblickte, an die Raoul sich lehnte. Marie hatte diesen geistreichen Menschen also im Handumdrehen dahin gebracht, seinen Zynismus in Dingen der Kleidung abzuschwören. Die gewöhnlichste und die vornehmste Frau ist gleich berauscht, wenn sie den ersten Ausdruck ihrer Macht in einer solchen Metamorphose erblickt. Jede Wandlung ist ein Geständnis der Hörigkeit.

»Sie hatten recht,« sagte sie im Gedanken an ihre abscheulichen Ratgeberinnen. »Verstanden zu worden, bringt Glück.«

Als die beiden Liebenden den Theaterraum mit jenem raschen Blick überflogen hatten, der alles sieht, wechselten sie einen Blick des Einverständnisses. Beiden war dabei zumute, als hätte ein himmlischer Tau ihre vor Erwartung brennenden Herzen erquickt. »Ich bin seit einer Stunde in der Hölle, und nun tut sich der Himmel auf,« sagten Raouls Augen. »Ich wußte, daß du da warst, aber bin ich frei?« sagten die Augen der Gräfin. Nur Diebe, Spione, Liebende, Diplomaten, kurz, alle Sklaven, kennen die Hilfsmittel und die Wonnen des Blicks. Nur sie wissen, wie viel Verständnis, Sanftmut, Geist, Zorn und Verbrechen im Wechselspiel dieses beseelten Lichtes liegt. Raoul fühlte, wie seine Liebe sich unter den Sporen des Zwanges bäumte, aber auch, wie sie beim Anblick der Hindernisse wuchs. Zwischen der Stufe, auf der er stand, und der Loge der Gräfin Felix von Vandenesse waren kaum dreißig Schritte, und doch konnte er diesen Abstand nicht aus der Welt schaffen. Dieser unüberschreitbare Abgrund, vor dem er festen Fußes stand, flößte einem leidenschaftlichen Manne wie er, der bisher zwischen Begierde und Genuß nur wenig Abstand gekannt hatte, das Verlangen ein, mit einem Tigersatz zu der Gräfin zu springen. In einem Anfall von Wut suchte er das Gelände zu erkunden. Er verbeugte sich sichtlich vor der Gräfin, die mit jenem leichten, geringschätzigen Kopfnicken antwortete, mit dem die Damen ihren Anbetern die Lust zu einer Wiederholung benehmen. Graf Felix drehte sich um, um zu sehen, wer seine Frau grüßte. Er bemerkte Nathan, grüßte nicht, drehte sich langsam wieder um und murmelte ein paar Worte, mit denen er zweifellos die gespielte Verachtung seiner Frau billigte. Die Logentür blieb Nathan offenbar verschlossen, und dieser warf Felix einen furchtbaren Blick zu. Diesen Blick hätte jedermann mit einem Wort Florines gedeutet: »Du, bald wirst du den Kopf nicht mehr hoch tragen!« Frau von Espard, eine der unverschämtesten Damen der Zeit, hatte aus ihrer Loge alles gesehen; sie rief laut ein paarmal Bravo. Raoul, der unter ihr stand, drehte sich schließlich um, grüßte sie und erhielt von ihr ein anmutiges Lächeln, das deutlich zu sagen schien: »Wenn Sie dort vertrieben werden, kommen Sie hierher.« Raoul verließ also seine Säule und kam zu Frau von Espard. Er hatte das Bedürfnis, sich dort zu zeigen, um dem kleinen Herrn von Vandenesse zu beweisen, daß Berühmtheit soviel wert ist wie Adel, und daß sich vor Nathan alle wappengeschmückten Türen in ihren Angeln drehten. Die Marquise nötigte ihn, ihr gegenüber, in der Vorderreihe der Loge Platz zu nehmen. Sie wollte ihn aushorchen.

»Frau Felix von Vandenesse ist heute abend reizend,« begann sie mit einem Kompliment auf ihre Toilette, als handelte es sich um ein Buch, das er gestern veröffentlicht hatte.

»Ja,« sagte Raoul gleichgültig. »Die Marabus stehen ihr ausgezeichnet. Aber sie ist ihnen sehr treu. Sie trug sie schon vorgestern,« setzte er etwas wegwerfend hinzu, um durch diese Kritik die holde Mitschuld zu entkräften, deren die Marquise ihn zieh.

»Kennen Sie das Sprichwort?« fragte sie. »Ein rechtes Fest dauert zwei Tage.«

Im Spiel geistreicher Dialoge sind die literarischen Berühmtheiten nicht immer so gewandt wie die Marquisen. Raoul beschloß, sich dumm zu stellen, der letzte Ausweg der geistreichen Leute. »Das Sprichwort trifft für mich zu,« sagte er, die Marquise galant anblickend.

»Mein Lieber, Ihre Antwort kommt zu spät, als daß ich sie noch annähme,« entgegnete sie lachend. »Tun Sie nicht so spröde. Gehen Sie! Sie haben Frau von Vandenesse gestern morgen auf dem Ball in ihren Marabus reizend gefunden; sie weiß es, sie hat sie für Sie wieder angelegt. Sie liebt Sie: Sie beten sie an. Das geht zwar etwas rasch, aber ich finde das nur zu natürlich. Wenn ich mich irre, so würden Sie Ihren einen Handschuh nicht drehn wie einer, der voller Wut neben mir sitzt, statt in der Loge seines Idols zu sein, wo er allerdings offiziell abgeblitzt ist, und der sich nun ärgert, daß er sich etwas zuflüstern lassen muß, was er gern laut hörte.«

In der Tat drehte Raoul einen Handschuh in seinen Fingern und zeigte dabei eine auffällig weiße Hand. Frau von Espard blickte diese Hand mit der größten Unverfrorenheit starr an und versetzte:

»Sie hat Ihnen Opfer abgerungen, die Sie der Gesellschaft nicht gebracht haben. Sie muß von ihrem Erfolg entzückt sein und wird sich gewiß etwas darauf einbilden, aber an ihrer Stelle wäre ich noch eingebildeter. Sie war nur eine geistreiche Frau, jetzt wird sie zur genialen Frau werden. Sie werden sie uns in einem köstlichen Buche schildern, wie Sie sie zu schreiben verstehen. Mein Lieber, vergessen Sie Vandenesse nicht dabei; tun Sie's mir zu Liebe. Wahrhaftig, er ist zu selbstgewiß. Diese strahlende Miene verziehe ich selbst dem olympischen Zeus nicht, dem einzigen mythologischen Gotte, der kein Pech gehabt haben soll.«

»Meine Gnädigste,« rief Raoul aus, »Sie schreiben mir eine recht niedrige Seele zu, wenn Sie mich für fähig halten, mit meinen Gefühlen, meiner Liebe Schacher zu treiben. Lieber als diese literarische Feigheit wäre mir noch der türkische Brauch, einer Frau einen Strick um den Hals zu werfen und sie zum Markte zu führen.«

»Aber ich kenne Marie doch, sie wird Sie selbst darum bitten.«

»Dazu ist sie unfähig,« sagte Raoul leidenschaftlich.

»Sie kennen sie also gut?«

Nathan mußte über sich selbst lachen, über sich, den Komödienspieler, der selbst einer Komödie zum Opfer gefallen war.

»Die Komödie wird nicht mehr dort gespielt,« sagte er, auf die Bühne deutend, »sondern bei Ihnen.«

Er nahm sein Opernglas und begann im Theater umherzublicken, um sich eine Haltung zu geben. »Sind Sie mir böse?« fragte die Marquise, ihn von der Seite anblickend. »Hätte ich nicht stets Ihr Geheimnis erfahren? Wir werden uns leicht vertragen. Kommen Sie zu mir; ich habe jeden Mittwoch Empfang. Die teure Gräfin wird nicht einen Tag fehlen, wenn sie Sie dort trifft. Ich gewinne dabei. Bisweilen sehe ich sie zwischen 4 und 5 Uhr. Ich werde nett sein und Sie zu der kleinen Zahl von Bevorzugten zählen, die ich um diese Zeit empfange.«

»Nun ja,« sagte Raoul. »So ist die Welt! Man nennt Sie boshaft!«

»Mich?« sagte sie. »Ich bin es nur bei Gelegenheit. Muß man sich nicht seiner Haut wehren? Aber Ihre Gräfin bete ich an. Sie werden zufrieden mit ihr sein, sie ist reizend. Sie werden der erste sein, dessen Name in ihr Herz geschrieben ist, mit jener kindlichen Freude, mit der alle Verliebten, selbst die Unteroffiziere, ihren Namenszug in die Rinde der Bäume eingraben. Die erste Liebe einer Frau ist eine köstliche Blüte. Sehen Sie, später ist unsre Zärtlichkeit, unsre Fürsorge zu bewußt. Eine alte Frau wie ich kann alles sagen, sie fürchtet nichts mehr, selbst einen Journalisten nicht. Nun also, im Herbst des Lebens können wir *Sie* glücklich machen, aber wenn wir das erstemal lieben, sind *wir* glücklich und bereiten Ihnen damit tausend Freuden des Stolzes. Bei uns ist dann alles von reizender Unverhofftheit, das Herz voller Unbefangenheit. Sie sind zu sehr Dichter, um die Blüte der Frucht nicht vorzuziehen. Wir sprechen uns wieder in einem halben Jahre.«

Wie alle Verbrecher legte sich Raoul aufs Leugnen, aber damit lieferte er dieser zähen Kämpferin nur neue Waffen. Er war bald in die fließenden Knoten der gefährlichsten und geistreichsten Unterhaltung verstrickt, in der die Pariserinnen Meisterinnen sind, und er fürchtete, sich Geständnisse ablocken zu lassen, die die Marquise in ihren Spöttereien gleich ausgenutzt hätte. Er zog sich also weislich zurück, als er Lady Dudley eintreten sah.

»Nun?« fragte die Engländerin, »wie weit sind sie?«

»Sie lieben sich bis zum Wahnsinn. Nathan hat es mir eben gesagt.« »Schade, daß er nicht häßlicher ist,« sagte Lady Dudley und warf dem Grafen Felix einen Vipernblick zu. »Übrigens ist er das, was ich wollte, der Sohn eines Trödeljuden, der in den ersten Jahren seiner Ehe bankrott wurde und starb. Aber seine Mutter war katholisch; sie hat ihn leider zum Christen gemacht.«

Diese Herkunft, die Nathan so sorgfältig verbarg, hatte Lady Dudley soeben erfahren. Sie schwelgte im voraus in der Wonne, ein paar schreckliche Epigramme auf Vandenesse daraus zu machen.

»Und ich habe ihn eben eingeladen, zu mir zu kommen!« versetzte die Marquise.

»Habe ich ihn nicht gestern empfangen?« entgegnete Lady Dudley. »Es gibt Freuden, mein Engel, die uns teuer zu stehen kommen.«

Die Kunde von der gegenseitigen Leidenschaft Raouls und der Gräfin von Vandenesse machte während der Vorstellung die Runde in der Gesellschaft, nicht ohne auf Proteste und Unglauben zu stoßen. Aber die Gräfin wurde von ihren Freundinnen, Lady Dudley, Frau von Espard und Frau von Manerville, mit einer ungeschickten Heftigkeit verteidigt, die dem Gerücht vorteilhaft war.

Durch den Zwang besiegt, ging Raoul am Mittwoch abend zur Marquise von Espard und traf dort die gute Gesellschaft, die im Hause verkehrte. Da Felix seine Gattin nicht begleitete, konnte Raoul mit Marie einige Worte wechseln, die mehr durch ihren Tonfall als durch ihre Gedanken bedeutungsvoll waren. Durch Frau Octave de Camps vor Klatsch gewarnt, hatte die Gräfin die Bedeutung ihrer Lage gegenüber der Gesellschaft erkannt und wies auch Raoul darauf hin.

Im Kreise dieser schönen Gesellschaft hatten also beide kein andres Vergnügen als die so tief genossenen Eindrücke, die die Gedanken, die Stimme, die Gebärden, das Benehmen eines geliebten Wesens erwecken. Die Seele klammert sich heftig an Nichtigkeiten. Bisweilen richten sich die Blicke beider Liebender auf den gleichen Gegenstand und verbergen darin gleichsam einen Gedanken, den sie gefaßt, erwidert und ausgetauscht haben. Bei einer Unterhaltung bewundert man den leicht vorgestellten Fuß, die zitternde Hand, die Finger, die nach irgendeinem Schmuckstück greifen, es wieder loslassen oder es in bedeutsamer Weise hin und her drehen. Nicht die Gedanken, noch die Sprache, sondern die Dinge selbst sprechen; sie sprechen so viel, daß ein Verliebter es oft anderen überläßt, eine Tasse Tee, die Zuckerdose, ich weiß nicht welchen Gegenstand herbeizubringen, den die geliebte Frau verlangt, alles aus Angst, seine Verwirrung vor Blicken zu verraten, die nichts zu sehen scheinen und doch alles sehen. Zahllose Sehnsüchte, sinnlose Wünsche, heftige Gedanken, die unterdrückt werden, entladen sich nur im Blick. Hier sind die Händedrücke, die vor tausend Argusaugen verborgen werden, so beredt wie ein langer Brief und wonnevoll wie ein Kuß. Die Liebe nährt sich von allem, was ihr versagt wird, stützt sich auf alle Hindernisse, um größer zu werden. Schließlich werden diese öfter verfluchten als überschrittenen Schranken zerbrochen und ins Feuer geworfen, um die Glut zu nähren. Hier können die Frauen den Umfang ihrer Macht an der Beschränkung messen, zu der eine unendliche, aber zurückgedrängte Liebe gelangt, die sich in einem erregten Blick, einem nervösen Zucken hinter einer banalen Höflichkeitsformel verbirgt. Wie oft wird auf der letzten Stufe einer Treppe die unbekannte Qual und das nichtssagende Gerede eines ganzen Abends mit einem einzigen Worte belohnt! Raoul, der wenig nach der Gesellschaft fragte, entlud seinen Zorn in Worten und war blendend. Jedermann hörte das Murren gegen den Zwang, den die Künstler so schwer zu ertragen vermögen. Dieser Grimm im Stil von Roland, dieser Geist, der alles zerbrach und zerschlug, der das Epigramm wie eine Keule schwang, berauschte Marie und unterhielt den ganzen Kreis, wie der Anblick eines mit Bändern geschmückten Stiers, der in einer spanischen Arena einhertobt.

»Und wenn du alles entzweischlägst,« sagte Blondet zu ihm, »du schaffst dir doch keine Einsamkeit um dich her.«

Dies Wort gab Raoul seine Besinnung wieder. Er hörte auf, seine Gereiztheit zur Schau zu tragen. Die Marquise brachte ihm eine Tasse Tee und sagte so laut, daß Frau von Vandenesse es hören konnte: »Sie sind wirklich sehr amüsant. Kommen Sie doch bisweilen um vier Uhr her.«

Raoul nahm an dem Wort amüsant Anstoß, obwohl es als Vorwand für die Einladung gemeint war. Er begann zuzuhören, wie ein Schauspieler, der in den Zuschauerraum blickt, anstatt auf der Bühne zu sein. Blondet hatte Mitleid mit ihm.

»Mein Lieber,« sagte er, ihn in eine Ecke ziehend, »du benimmst dich in Gesellschaft, als ob du bei Florine wärest. Hier läßt man sich nie gehen. Man läßt keine langen Artikel los, sondern sagt von Zeit zu Zeit etwas Geistreiches. Man nimmt eine ruhige Miene an, wenn man das lebhafte Bedürfnis verspürt, die Leute zum Fenster hinauszuwerfen. Man spottet sanft, man tut, als sagte man der angebeteten Frau Artigkeiten, und man wälzt sich nicht wie ein Esel mitten auf der Straße. Hier, Verehrtester, liebt man, wie es sich gehört. Entweder entführe Frau von Vandenesse oder zeige dich als Gentleman. Du bist zu sehr der Liebhaber aus einem deiner Bücher.«

Nathan hörte ihm gesenkten Hauptes zu. Er war wie ein Löwe, der sich in ein Garn verstrickt hat.

»Ich setze keinen Fuß mehr in das Haus,« sagte er. »Diese Marquise aus Pappe verkauft mir ihren Tee zu teuer. Sie findet mich amüsant! Ich verstehe nun, warum Saint-Just diese ganze Gesellschaft guillotinierte.«

»Du kommst ja morgen doch wieder.«

Blondet sprach wahr. Die Leidenschaften sind ebenso feig wie grausam. Am nächsten Tage nach langem Schwanken zwischen »ich gehe« und »ich gehe nicht,« verließ Raoul seine Teilhaber inmitten einer wichtigen Konferenz und fuhr nach dem Faubourg St. Honoré zu Frau von Espard. Als er Rastignac in elegantem Kupee ankommen sah, während er seinen Kutscher am Tor bezahlte, fühlte er sich in seiner Eitelkeit verletzt. Er beschloß, sich ein elegantes Kupee und den obligaten Diener zuzulegen. Der Wagen der Gräfin stand im Hofe. Bei diesem Anblick schwoll Raouls Herz vor Wonne. Marie gehorchte dem Druck seines Verlangens mit der Regelmäßigkeit einer Uhr, die von ihrer Feder getrieben wird. Sie saß in dem kleinen Salon in der Kaminecke, in einen Lehnstuhl hingegossen. Anstatt Nathan anzusehen, als er gemeldet wurde, betrachtete sie ihn im Spiegel, da sie sicher war, daß die Hausfrau ihn begrüßen würde. Da die Liebe in der Welt verfolgt wird, muß sie ihre Zuflucht zu solchen kleinen Listen nehmen. Sie verleiht den Spiegeln, den Muffen und Fächern, kurz einer Menge von Dingen Leben, deren Nutzen nicht von vornherein feststeht und die viele Frauen gebrauchen, ohne sie zu benutzen.

»Der Herr Minister«, sagte Frau von Espard, zu Nathan gewandt, mit einem Blick auf de Marsay, »verfocht in dem Augenblick, wo Sie kamen, die Ansicht, daß die Royalisten und die Republikaner einander verstehen. *Sie* müssen ja darüber Bescheid wissen!«

»Und wenn schon,« sagte Raoul, »was kann es schaden? Wir sind uns einig im Haß und in der Liebe verschieden. Das ist alles.«

»Dies Bündnis ist zum mindesten wunderlich,« bemerkte de Marsay, die Gräfin Felix und Raoul mit einem Blick umspannend.

»Es wird nicht lange dauern,« sagte Rastignac, der wie alle Neulinge zu sehr an die Politik dachte.

»Was meinen Sie dazu, liebe Freundin?« fragte Frau von Espard die Gräfin.

»Ich verstehe nichts von der Politik.«

»Sie werden es schon lernen, Frau Gräfin,« sagte de Marsay, »und dann sind Sie doppelt unsre Feindin.«

Nathan und Marie begriffen seine Bemerkung erst, als de Marsay fort war. Rastignac folgte ihm, und Frau von Espard gab ihnen bis zur Tür ihres ersten Salons das Geleit. Die beiden Liebenden dachten nicht mehr an die spitzen Bemerkungen des Ministers und fühlten sich reich – hatten sie doch ein paar Minuten für sich! Marie zog hastig den Handschuh aus und reichte Raoul die Hand. Er ergriff sie und küßte sie wie ein Achtzehnjähriger. Die Augen der Gräfin drückten eine so schrankenlose edle Zärtlichkeit aus, daß eine Träne in Raouls Augen trat, die Träne, die alle nervösen Männer stets zur Verfügung haben.

»Wo kann ich Sie sehen? Wo mit Ihnen sprechen?« fragte er. »Ich stürbe, müßte ich stets meine Stimme, meinen Blick, mein Herz, meine Liebe verstellen.«

Durch diese Träne gerührt, versprach Marie, jederzeit ins Bois zu kommen, wenn das Wetter nicht zu schlecht wäre. Dies Versprechen machte Raoul mehr Freude, als Florine ihm in fünf Jahren bereitet hatte.

»Ich habe Ihnen so viel zu sagen! Ich leide so unter dem Schweigen, zu dem wir verurteilt sind.«

Die Gräfin blickte ihn berauscht an. Sie war keiner Antwort fähig. Die Marquise kam zurück.

»Wie! Sie haben de Marsay keine Antwort gegeben!« sagte sie.

»Man muß die Toten ehren,« entgegnete Raoul. »Sehen Sie nicht, daß er in den letzten Zügen liegt? Rastignac ist sein Krankenwärter; er hofft, im Testament bedacht zu werden.«

Die Gräfin behauptete, Besuche machen zu müssen, und wollte gehen, um sich nicht bloßzustellen. Für diese Viertelstunde hatte Raoul seine kostbarste Zeit und seine brennendsten Interessen geopfert. Marie wußte noch nichts von den Einzelheiten dieses Zugvogel-Daseins, diesem Gemisch von höchst verwickelten Geschäften und anstrengendster Arbeit. Wenn zwei Menschen, die eine ewige Liebe vereint, ein Dasein führen, das durch Anvertrauungen, durch gemeinsame Prüfung der überwundenen Hindernisse täglich fester geknüpft wird, wenn zwei Herzen am Morgen oder Abend ihren Kummer austauschen, wie der Mund die Seufzer austauscht, wenn sie in den gleichen Ängsten schweben und beim Anblick eines Hindernisses gemeinsam erbeben, dann zählt alles mit. Eine Frau weiß dann, wie viel Liebe in einem nicht ausgetauschten Blick, wie viel Anstrengung in einer raschen Fahrt liegt. Sie nimmt Teil am Leben des beschäftigten, gehetzten Mannes, kommt, geht, hofft und rührt sich mit ihm. Ihre Klagen richtet sie an die Dinge. Sie zweifelt nicht mehr, sie kennt die Einzelheiten des Lebens und würdigt sie. Im Anfang einer Leidenschaft dagegen, wo so viel Glut, Mißtrauen und Ansprüche entstehen, wo keiner den andern kennt, zudem bei unbeschäftigten Damen, an deren Tür die Liebe stets Posten stehen muß, bei Damen, die eine übertriebene Vorstellung von ihrer eignen Würde haben und in allem und jedem Gehorsam fordern, selbst wenn sie etwas Falsches gebieten, das den Mann zugrunde richtet, stellt die Liebe heutzutage in Paris unmögliche Anforderungen.

Die vornehmen Damen leben noch im Bann der Traditionen des 18. Jahrhunderts, wo jedermann eine sichre, bestimmte Stellung hatte. Wenige Frauen kennen die Schwierigkeiten im Dasein der meisten Männer, die sich alle erst eine Stellung zu erkämpfen, Ruhm zu erwerben, ihr Glück zu machen haben. Heutzutage sind die Leute in gesicherter Lage zu zählen. Nur die Greise haben Zeit zum Lieben. Die Jungen rudern auf den Galeeren des Ehrgeizes, wie es Nathan tat. Die Frauen haben sich in diesen Wechsel der Sitten noch nicht recht gefunden. Sie widmen ihre überflüssige Zeit denen, die zu wenig Zeit haben. Sie stellen sich keine andre Beschäftigung, kein andres Ziel vor, als sie selbst haben. Besiegt der Liebhaber die lernäische Hydra, um sein Glück zu machen, so hat er nicht das mindeste Verdienst; alles verblaßt vor dem Glück, *sie* zu sehen. Die Frauen wissen ihm nur Dank für ihre eignen Gemütserregungen und fragen nicht, was sie kosten. Haben sie in ihren müßigen Stunden eine jener Kriegslisten ersonnen, die ihnen zu Gebote stehen, so lassen sie sie wie ein Juwel leuchten. Während ihr die Eisenstangen irgendeines Zwanges biegt, haben sie Handschuhe angezogen, den Mantel einer List angelegt. Ihnen gebührt die Palme, macht sie ihnen nicht streitig! Übrigens haben sie recht: warum nicht alles für eine Frau preisgeben, die alles für einen Mann preisgibt? Sie verlangen soviel als sie geben. Bei der Heimkehr wurde Raoul sich inne, wie schwer es für ihn sein würde, eine Liebschaft in der Gesellschaft, einen zehnspännigen Redaktionskarren, seine Theaterstücke und seine verfahrenen Geschäfte am Zügel zu führen.

»Die Zeitung fällt heute abend abscheulich aus,« sagte er sich im Fortgehen; »es ist kein Aufsatz von mir drin, und in der nächsten Nummer auch nicht.« Frau Felix von Vandenesse fuhr dreimal ins Bois, ohne Raoul zu treffen. Sie kehrte verzweifelt und voller Sorge zurück. Nathan wollte sich dort nur im Glanz eines Pressekönigs zeigen. Er verbrachte die ganze Woche damit, nach zwei Pferden, einem Wagen und einem anständigen Diener zu suchen und seine Teilhaber davon zu überzeugen, daß er seine kostbare Zeit sparen müsse und daß die Kosten für den Wagen auf die Gesamtkosten der Zeitung verbucht werden müßten. Seine Teilhaber Massol und du Tillet erfüllten seinen Wunsch so gefällig, daß sie ihm als die besten Menschen auf Erden erschienen. Ohne diese Hilfe wäre das Leben für Raoul unmöglich geworden. Ohnedies wurde sein Dasein trotz der zartesten Freuden idealer Liebe so hart, daß viele, selbst die stärksten Naturen, so vielen Anforderungen nicht gewachsen wären.

Eine heftige, aber glückliche Leidenschaft nimmt im gewöhnlichen Leben schon viel Raum ein. Galt sie aber einer Frau in der Stellung der Gräfin von Vandenesse, so mußte sie das Leben eines vielbeschäftigten Mannes wie Raoul verzehren. Fast Tag für Tag zwischen 3 und 4 Uhr mußte er sich zu Pferde im Bois de Boulogne zeigen, in der äußeren Erscheinung des unbeschäftigten Gentleman. Dort erfuhr er, in welchem Hause, in welchem Theater er Frau von Vandenesse am Abend sehen würde. Er verließ die Salons erst um Mitternacht, nachdem er ein paar längst ersehnte Worte erhascht, ein paar hastige Zärtlichkeitsbeweise unter dem Tisch, zwischen zwei Türen oder beim Besteigen des Wagens erhascht hatte. Meistenteils sorgte Marie, die ihn in die große Welt gebracht hatte, dafür, daß er in verschiedenen Häusern, wo sie verkehrte, zum Diner eingeladen wurde. War das nicht ganz einfach? Aus Stolz und von seiner Leidenschaft hingerissen, wagte Raoul nicht von seiner Arbeit zu sprechen. Er mußte den launenhaften Wünschen dieser unschuldigen Gebieterin gehorchen und dabei die Parlamentsdebatten, den Strudel der Politik verfolgen, die Zeitung leiten und zwei Stücke auf die Bühne bringen, deren Einnahmen unentbehrlich waren. Frau von Vandenesse brauchte nur etwas zu schmollen, wenn er sich von einem Ball, einem Konzert, einer Spazierfahrt drücken wollte, und er opferte seine Interessen seinem Vergnügen. Kam er zwischen 1 und 2 Uhr früh aus der Gesellschaft zurück, so setzte er sich bis 8 oder 9 Uhr an die Arbeit, schlief etwas, stand dann wieder auf, um die Stellungnahme der Zeitung mit den einflußreichen Leuten zu besprechen, von denen er abhing, und die tausend inneren Geschäfte zu regeln.

Heutzutage hängt der Journalismus ja mit allem zusammen, mit der Industrie, mit den öffentlichen und privaten Interessen, mit neuen Unternehmungen, mit jeder Art von Eigenliebe in der Literatur und ihren Erzeugnissen. War Nathan abgehetzt und erschöpft aus seinem Redaktionsbüro ins Theater geeilt, aus dem Theater in die Kammer, aus der Kammer zu irgendwelchen Gläubigern, so mußte er ruhig und glücklich vor Marie erscheinen und mit der Lässigkeit eines sorglosen Mannes, der keine anderen Anstrengungen kennt, als die, welche sein Glück erheischt, neben ihrem Wagenschlag einhergaloppieren. Und wenn er zum Lohn für so viele ihr unbekannte Opfer nichts erhielt, als die sanftesten Worte und die holdesten Gewißheiten einer ewigen Zuneigung, als leidenschaftliche Händedrücke in ein paar unbeobachteten Augenblicken und glühende Liebesworte, die er mit ihr tauschte, so kam er sich bisweilen recht dumm vor, daß sie nichts von dem ungeheuren Preis erfuhr, mit dem er diese kleinen »Zeichen der Huld« bezahlte, um mit unsern Voreltern zu reden. Die Gelegenheit zu einer Aussprache ließ nicht auf sich warten. An einem schönen Apriltag nahm die Gräfin in einer entlegenen Gegend des Bois de Boulogne Nathans Arm. Sie hatte ihm einen jener reizenden Vorwürfe wegen nichtiger Dinge zu machen, auf die die Frauen Berge zu bauen verstehen. Statt ihn mit einem Lächeln auf den Lippen und mit glückstrahlender Stirn zu begrüßen, statt daß irgendein feiner, lustiger Gedanke ihre Augen belebte, war sie ernst und feierlich.

»Was haben Sie?« fragte Nathan.

»Geben Sie sich nicht mit diesen Nichtigkeiten ab,« antwortete sie. »Sie müssen doch wissen, daß die Frauen Kinder sind.«

»Habe ich Ihr Mißfallen erregt?«

»Wäre ich dann hier?«

»Aber Sie lächelten mir nicht zu. Sie schienen nicht glücklich, mich zu sehen.«

»Ich bin Ihnen böse, nicht wahr?« sagte sie und blickte ihn mit der unterwürfigen Miene an, mit der die Frauen sich als Opfer hinstellen.

Nathan ging ein paar Schritte weiter. Eine Befürchtung schnürte sein Herz zusammen und stimmte ihn traurig.

»Es ist«, sagte er nach kurzem Schweigen, »wohl eine jener nichtigen Befürchtungen, jener luftigen Verdachtsgründe, die Ihnen über die größten Dinge des Lebens gehen. Sie verstehen sich darauf, die Welt zu gängeln, indem Sie einen Strohhalm hineinwerfen!«

»Ironie? ... Darauf war ich gefaßt,« sagte sie, den Kopf senkend.

»Marie, mein Engel, siehst du nicht, daß ich das sagte, um dir dein Geheimnis zu entlocken?«

»Mein Geheimnis bleibt ein Geheimnis, selbst wenn ich es dir anvertraut habe.«

»Also sprich ...«

»Ich werde nicht geliebt,« versetzte sie mit jenem listigen Seitenblick, mit dem die Frauen den Mann, den sie quälen wollen, so boshaft ausfragen.

»Nicht geliebt? ...« rief Nathan.

»Ja, Sie geben sich mit zu viel Dingen ab. Was bin ich inmitten dieses ganzen Wirrwarrs? Bei jeder Gelegenheit vergessen. Gestern kam ich ins Bois. Ich erwartete Sie ...«

»Aber ...«

»Ich hatte für Sie ein neues Kleid angezogen, und Sie kamen nicht. Wo waren Sie?«

»Aber ...« »Ich wußte es nicht. Ich ging zu Frau von Espard und fand Sie nicht.«

»Aber ...«

»Abends, in der Oper habe ich unverwandt nach dem Balkon geblickt. Jedesmal, wenn die Tür aufging, klopfte mein Herz zum Zerspringen.«

»Aber ...«

»Welch ein Abend! Von diesen Stürmen des Herzens ahnen Sie nichts.«

»Aber ...«

»Man reibt sich in solchen Aufregungen auf ...«

»Aber ...«

»Nun?« fragte sie.

»Ja,« sagte Nathan, »man reibt sich auf, und Sie werden in ein paar Monaten mein Leben aufgerieben haben. Ihre sinnlosen Vorwürfe entreißen mir nun auch mein Geheimnis ... Ach! Sie werden nicht geliebt? ... Zu sehr werden Sie geliebt.«

Nun schilderte er seine Lage in lebhaften Farben, erzählte von seiner Nachtarbeit, gab ihr seinen Tageslauf im einzelnen an, sprach von dem Zwange, Erfolge zu erringen, von den unersättlichen Ansprüchen einer Zeitung, deren Leiter die Ereignisse im voraus einschätzen müsse, wolle er nicht seinen Einfluß verlieren, kurz von all den hastigen Erörterungen von Fragen, die in dieser rasenden Zeit im Wolkenfluge vorübereilten. Raoul war gleich wieder im Unrecht. Die Marquise von Espard hatte es ihm richtig gesagt: nichts ist so harmlos wie eine erste Liebe. Es fand sich bald, daß die Gräfin einer zu großen Liebe schuldig war. Eine liebende Frau beantwortet alles mit einer Freude, einem Geständnis oder einem Vergnügen. Als die Gräfin dies gewaltige Lebensbild vor sich aufgerollt sah, wurde sie von Bewunderung ergriffen. Sie hatte Nathan sehr groß gemacht, sie fand ihn erhaben. Sie klagte sich an, ihn zu sehr zu lieben, bat ihn, nur zu kommen, wenn er Zeit hätte, erniedrigte dies Ringen der Ehrsucht durch einen Blick gen Himmel. Sie wollte also warten! Künftig wollte sie ihre Freuden opfern. Sie hatte nur ein Sprungbrett sein wollen und war ein Hindernis! ... Sie weinte vor Verzweiflung.

»Die Frauen«, sagte sie mit Tränen in den Augen, »haben also nichts als die Liebe. Die Männer haben tausend Möglichkeiten zu handeln. Wir Frauen können nur denken, beten, anbeten.«

Soviel Liebe erheischte Lohn. Wie eine Nachtigall, die von einem Zweige zur Quelle herabhüpfen will, blickte sie sich um, ob sie allein in der Einsamkeit war, ob die Stille keinen Zeugen verbarg. Dann blickte sie zu Raoul auf, der sich niederbeugte, und erlaubte ihm einen Kuß, den ersten, einzigen, den sie heimlich geben durfte. In diesem Augenblick fühlte sie sich glücklicher, als sie in fünf Jahren gewesen war. Raoul fühlte alle seine Mühen bezahlt. Beide gingen, ohne recht zu wissen, wohin, auf dem Weg von Auteuil nach Boulogne. Sie mußten umkehren, um wieder zu ihrem Wagen zu gelangen. Sie gingen in dem wiegenden Gleichschritt, den die Liebenden kennen. Raoul glaubte an diesen Kuß, den sie mit der sittsamen Freiwilligkeit gegeben hatte, die die Heiligkeit des Gefühls verleiht. Alles Böse kam von der Welt und nicht von dieser Frau, die so ganz die Seine war. Raoul bereute die Qualen seines gehetzten Lebens nicht mehr; Marie mußte sie in der Glut ihres ersten Verlangens vergessen, wie alle Frauen, denen die schrecklichen Kämpfe solcher Ausnahmeexistenzen nicht jederzeit vor Augen stehen. Im Bann dieser dankbaren Bewunderung, die die Leidenschaft der Frau auszeichnet, ging Marie festen, leichten Schrittes über den feinen Sand einer Querallee. Beide sprachen wenig, aber was sie sagten, war tief gefühlt und zutreffend. Der Himmel war rein, die hohen Bäume knospten. Einige grüne Spitzen belebten bereits ihre braunen Rutenbündel. Die Sträucher, die Birken, die Weiden und Pappeln zeigten bereits ihr erstes, zartes, noch durchsichtiges Blattwerk. Keine Seele widersteht solchen Harmonien. Die Liebe erklärte der Gräfin die Natur, wie sie ihr die Gesellschaft erklärt hatte.

»Ich wollte, du hättest immer nur mich geliebt!« sagte sie.

»Dein Wunsch ist erfüllt,« entgegnete Raoul. »Wir haben einander die wahre Liebe offenbart.«

Er sagte die Wahrheit. Indem Raoul sich vor diesem jungen Herzen als reiner Mann hinstellte, hatte er sich von seinen eignen, mit schönen Gefühlen verbrämten Phrasen gefangennehmen lassen. Seine anfangs rein auf Berechnung und Eitelkeit fußende Leidenschaft war ehrlich geworden. Mit der Lüge hatte er begonnen, um mit der Wahrheit zu enden. Überdies lebt in jedem Schriftsteller ein schwer unterdrückbares Gefühl, das ihn zur Bewunderung der inneren Schönheit treibt. Kurz, je mehr Opfer ein Mann bringt, desto mehr Anteil nimmt er an dem Wesen, das diese Opfer erheischt. Die Weltdamen fühlen diese Wahrheit instinktiv, so gut wie die Kurtisanen; vielleicht wenden sie sie sogar unbewußt an. So ging es auch der Gräfin. Nach der ersten Wallung der Dankbarkeit und Überraschung war sie bezaubert, daß er für sie so viel Opfer gebracht, so viele Schwierigkeiten überwunden hatte. Der Mann, den sie liebte, war ihrer Liebe würdig. Raoul wußte nicht, wozu ihn seine falsche Größe noch verpflichten sollte; denn die Frauen gestatten ihren Liebhabern nicht, von ihrem Sockel herabzusteigen. Einem

Gotte wird auch die kleinste Schwäche nicht verziehen. Marie kannte des Rätsels Lösung nicht, die Raoul seinen Freunden bei dem Souper bei Véry offenbart hatte. Der Kampf dieses Schriftstellers aus den unteren Volksschichten hatte die ersten zehn Jahre seiner Jugend erfüllt; er wollte von einer der Königinnen der schönen Welt geliebt sein. Die Eitelkeit, ohne die die Liebe nach Chamforts Wort sehr schwach ist, nährte seine Leidenschaft und mußte sie von Tag zu Tag steigern.

»Kannst du mir schwören,« fragte Marie, »daß du keiner andern angehörst und nie angehören wirst?«

»In meinem Leben wäre kein Raum für eine andre und kein Platz in meinem Herzen,« antwortete er wahrheitsgetreu; so sehr verachtete er Florine. »Ich glaube es dir,« sagte sie.

In der Allee, in der die Wagen hielten, ließ Marie Nathans Arm los, und er nahm eine ehrerbietige Haltung an, als wäre er ihr begegnet. Er begleitete sie mit dem Hut in der Hand zu ihrem Wagen, dann folgte er ihr durch die Allee Charles X., sog den Staub ein, den ihr Wagen aufwirbelte, und sah die Federn auf ihrem Hute zum Wagen hinausflattern.

Trotz Maries edler Entsagung erschien Raoul, von seiner Leidenschaft hingerissen, überall, wo sie war. Er bewunderte die unzufriedene und doch glückstrahlende Miene, mit der sie ihn tadeln wollte und es doch nicht vermochte, weil er seine kostbare Zeit so vergeudete. Marie übernahm nun die Leitung seiner Tätigkeit, gab ihm bestimmte Weisungen für seine Tageseinteilung, blieb zu Hause, um ihm jeden Vorwand zur Ablenkung zu nehmen. Jeden Morgen las sie die Zeitung und machte sich zum Herold des Ruhmes von Etienne Lousteau, dem Feuilletonschreiber, den sie entzückend fand, von Felicien Vernou, Claude Vignon und allen Redakteuren. Sie riet Raoul, de Marsay Gerechtigkeit zu erweisen, als er starb, und las voller Entzücken die große, schöne Lobrede, die Raoul dem verstorbenen Minister widmete, obwohl er seinen Machiavellismus und seinen Haß auf die Menge tadelte. Natürlich saß sie im Proszenium des Gymnasetheaters bei der Uraufführung des Stückes, auf das Nathan rechnete, um sein Unternehmen über Wasser zu halten. Der Erfolg schien gewaltig. Sie fiel auf den bezahlten Beifall herein.

»Sie sind nicht in die Abschiedsvorstellung zu den Italienern gekommen,« sagte Lady Dudley, zu der sie nach dieser Vorstellung fuhr.

»Nein, ich war im Gymnase. Es war eine Premiere.«

»Ich mag das Vaudeville nicht. Mir geht es dabei, wie Ludwig XIV. bei den Bildern von Teniers.«

»Ich,« entgegnete Frau von Espard, »ich finde, daß die Bühnenschriftsteller Fortschritte machen. Die Vaudevillestücke sind heute reizende, geistsprühende Lustspiele, die viel Talent fordern, und ich amüsiere mich köstlich dabei.«

»Die Schauspieler sind auch vorzüglich,« sagte Marie. »Im Gymnase spielten sie heute abend sehr gut. Das Stück lag ihnen; der Dialog ist fein, geistreich.«

»Wie bei Beaumarchais,« bemerkte Lady Dudley.

»Herr Nathan ist noch kein Molière, aber« ... sagte Frau von Espard und blickte die Gräfin an.

»Er schreibt Vaudevillestücke,« sagte Frau Charles von Vandenesse.

»Und stürzt Minister,« setzte Frau von Manerville hinzu.

Die Gräfin schwieg. Sie wollte mit scharfen Bemerkungen antworten; sie fühlte, wie es ihr im Herzen kochte, aber ihr fiel nichts Besseres ein, als:

»Er wird vielleicht noch Minister machen.«

Alle Damen wechselten einen Blick geheimnisvollen Einverständnisses. Als Marie von Vandenesse ging, rief Moina von Saint-Héren:

»Sie betet Nathan an!«

»Sie hält nichts von Heimlichkeiten,« versetzte Frau von Espard.

Der Mai kam und Vandenesse reiste mit seiner Frau auf sein Landgut. Hier fand sie allein Trost in Raouls leidenschaftlichen Briefen, die sie täglich beantwortete.

Ihr Fernsein hätte Raoul vor dem Abgrund retten können, an dessen Rande er stand, wäre Florine bei ihm gewesen. Aber er war allein, umgeben von Freunden, die zu heimlichen Feinden geworden waren, seit er die Absicht verriet, sie zu beherrschen. Seine Mitarbeiter haßten ihn jetzt, waren aber bereit, ihm im Fall seines Sturzes die Hand zu reichen und ihn zu trösten, oder ihn im Fall seines Sieges anzubeten. So geht es in der Schriftstellerwelt. Man liebt dort nur Leute, die unter einem stehen. Jeder ist des Emporstrebenden Feind. Dieser allgemeine Neid verzehnfacht die Aussichten der Mittelmäßigkeiten, die weder Neid noch Argwohn erregen, die wie Maulwürfe ihren Weg gehen und bei all ihrer Dummheit drei bis vier Stellen im »Moniteur« erhalten, während die Talente sich noch vor der Tür herumprügeln, um einander den Eintritt zu verwehren. Diese dumpfe Feindseligkeit seiner angeblichen Freunde hatte Florine in ihrem Kurtisaneninstinkt, der das Wahre aus tausend Möglichkeiten herausfühlte, richtig erraten, aber sie war nicht die größte Gefahr für Raoul. Seine beiden Teilhaber, der Advokat Massot und der Bankier du Tillet, hatten die Absicht, ihn als Arbeitspferd vor den Wagen zu spannen, in dem sie sich breit machten, und ihn an die Luft zu setzen, sobald er außerstande war, die Zeitung zu halten, oder ihm diese große Macht in dem Augenblick zu nehmen, wo sie selbst sie brauchen wollten. Für sie war Nathan eine bestimmte Summe, die aufgebraucht werden sollte, eine literarische Kraft von der Leistungsfähigkeit von zehn Federn, die ausgenutzt werden mußte. Massot war einer der Advokaten, die sich darauf verstehen, aus Schönrednerei endlos über eine Sache zu reden und die Leute zu langweilen, indem sie alles sagen. Sie sind die Pest der Versammlungen, in denen sie alles herabsetzen, und wollen um jeden Preis große Leute werden. Ihm lag nichts mehr daran, Justizminister zu werden. Er hatte in vier Jahren fünf bis sechs Justizminister erlebt und hatte genug von der Juristerei. Er wollte eine einträgliche Staatsstellung haben, einen Platz im öffentlichen Unterrichtswesen oder im Staatsrat, und als Beigabe das Kreuz der Ehrenlegion. Du Tillet und der Baron von Nucingen hatten ihm das Kreuz und den Posten als Beisitzer im Staatsrat zugesichert, wenn er auf ihre Absichten einging. Er fand sie mehr in der Lage, ihre Zusagen zu erfüllen als Nathan, und er gehorchte blindlings.

Um Raoul besser zu täuschen, ließen sie ihm völlig freie Hand. Du Tillet benutzte die Zeitung nur zu seinen Börsengeschäften, von denen Raoul nichts verstand, aber er hatte Rastignac durch den Baron von Nucingen bereits wissen lassen, daß das Blatt der Regierung im stillen gefällig sein wollte, unter der einzigen Bedingung, seine Kandidatur an Stelle von Nucingen, dem künftigen Pair von Frankreich, zu unterstützen. Dieser war in einem kleinen Wahlkreise aufgestellt, in dem es nur wenige Wähler gab, und die Zeitung wurde dorthin in großen Mengen unentgeltlich versandt. So wurde Raoul von dem Bankier wie von dem Advokaten hinters Licht geführt, und beide sahen ihn mit unendlichem Vergnügen in der Redaktion thronen und alle Vorteile davon ausnutzen, alle Früchte der Eigenliebe und sonstigen Früchte genießen. Nathan war begeistert von ihnen. Er fand sie, wie bei seiner Bitte um Wagen und Pferde, höchst entgegenkommend und wähnte sie an der Nase herumzuführen. Phantasiemenschen, deren Lebensnerv die Hoffnung ist, wollen sich ja nie sagen, daß in Geschäften der kritischste Augenblick der ist, wo alles nach Wunsch geht.

Es war ein Augenblick des Triumphs für Nathan, den er übrigens voll ausnutzte. Er zeigte sich damals in der politischen und Finanzwelt; du Tillet führte ihn bei Nucingen ein, und Frau von Nucingen nahm Raoul gut auf, weniger um seinetwillen, als wegen Frau von Vandenesse. Als sie aber ein paar Worte über die Gräfin fallen ließ, glaubte er etwas sehr Schlaues zu tun, indem er sich hinter Florine verschanzte. Mit gönnerhafter Dünkelhaftigkeit ging er auf seine Beziehungen zu der Schauspielerin ein, die er unmöglich abbrechen könnte. Gibt man wohl ein sicheres Glück preis, um im Faubourg St. Germain zu liebäugeln? So lieh Nathan, der von Nucingen und Rastignac, von du Tillet und Blondet hinters Licht geführt wurde, den Doktrinären pomphaft seinen Beistand, um ihnen zu einem ihrer kurzlebigen Kabinette zu verhelfen. Um aber auch mit reiner Hand zur Macht zu kommen, verschmähte er es ostentativ, sich bei einigen Unternehmungen, die mit Hilfe seines Blattes zustande kamen, Vorteile sichern zu lassen, – er, der sich sonst so wenig bedachte, seine Freunde bloßzustellen und sich in gewissen kritischen Augenblicken gegen ein paar Industrielle wenig anständig zu benehmen.

Solche Gegensätze, das Ergebnis seiner Eitelkeit und seines Ehrgeizes, findet man bei derartigen Existenzen häufig. Der Mantel muß nach außen hin prunkvoll sein; man nimmt sich das Tuch von seinen Freunden, um die Löcher zu stopfen. Trotzdem erlebte Raoul zwei Monate nach der Abreise der Gräfin Rabelais' sprichwörtliche »Viertelstunde«, die ihm inmitten seines Triumphes rechte Sorgen bereitete. Du Tillet war mit 100 000 Franken im Vorschuß. Das Geld von Florine, ein Drittel der Gründungskosten, war durch die Steuern und die sehr kostspieligen ersten Aufwendungen verbraucht. Man mußte an die Zukunft denken. Der Bankier kam dem Schriftsteller entgegen, indem er 50 000 Franken auf einen Viermonatswechsel nahm. So hielt du Tillet Raoul durch den Wechsel am Zügel. Dank diesem Zuschuß war die Zeitung für ein halbes Jahr gesichert. In den Augen mancher Schriftsteller ist ein halbes Jahr eine Ewigkeit. Zudem hatte man durch Annoncen, durch Reisende, durch Scheinvorteile, die man den Abonnenten bot, 2 000 zusammengebracht. Dieser halbe Erfolg ermutigte dazu, Banknoten in diese Kohlenpfanne zu werfen. Noch etwas Talent, ein politischer Prozeß, eine augenscheinliche Verfolgung, und Raoul wurde zu einem der modernen Condottieri, deren Tinte heute soviel gilt, wie ehemals das Schießpulver.

Unglücklicherweise war diese Maßnahme schon getroffen, als Florine mit etwa 50 000 Franken zurückkehrte. Statt sich nun eine Reserve zu schaffen, täuschte Raoul sie über seine Lage und veranlaßte sie, sich mit dem Gelde neu einzurichten. Er glaubte an seinen Erfolg, weil er ihn nötig hatte, und es demütigte ihn, daß er das Geld der Schauspielerin angenommen hatte. Er fühlte sich durch seine Liebe innerlich gewachsen und durch die arglistigen Lobreden seiner Schmeichler geblendet. Unter solchen Umständen wurde eine prunkvolle Lebensführung zur Notwendigkeit. Die Schauspielerin, die nicht erst dazu gedrängt zu werden brauchte, machte 30 000 Franken Schulden. Florine bezog ein ganzes Haus in der Rue Pigalle, das reizend eingerichtet wurde, und in dem sich ihre alte Gesellschaft wieder einstellte. Das Haus einer Person vom Range Florines war ein neutraler Boden, sehr vorteilhaft für ehrgeizige Politiker, die, wie Ludwig XIV. in Holland, bei Raoul ohne Raoul verhandelten.

Raoul hatte für die Schauspielerin zu ihrem Wiederauftreten ein Stück reserviert, dessen Hauptrolle ihr vorzüglich lag. Dies Vaudevilledrama sollte Raouls Abschied von der Bühne sein. Die Zeitungen, die ihre Gefälligkeit für Raoul nichts kostete, brachten Florine im voraus eine solche Ovation dar, daß die Comédie Française von einem Engagement sprach. Die Feuilletons feierten Florine als Erbin von Mademoiselle Mars.

Dieser Triumph betäubte die Schauspielerin derart, daß sie es unterließ, Nathans tatsächliche Lage zu sondieren. Sie lebte in einem wahren Festtaumel. Als Königin dieses Hofes voller Bittsteller, die sich um sie drängten, der eine wegen seines Buches, der andere wegen seines Stückes, wegen seiner Tänzerin, wegen seines Unternehmens oder wegen einer Reklame, gab sie sich allen Freuden hin, die die Macht der Presse bereitet, und erblickte darin schon das Morgenrot des ministeriellen Ansehens. Die Leute, die bei ihr verkehrten, erzählten ihr, Nathan sei ein großer Politiker. Nathan hätte Recht mit seinem Unternehmen, er würde Deputierter werden und für eine Weile zweifellos Minister, wie so viele andre. Schauspielerinnen sagen selten nein, wenn ihnen etwas schmeichelt. Florine besaß nach dem Feuilleton zuviel Talent, um der Zeitung und ihren Machern zu mißtrauen. Der Mechanismus der Presse war ihr zu unbekannt, um sich über die Mittel Sorge zu machen. Mädchen vom Schlage Florines sehen immer nur die Ergebnisse.

Was Nathan betraf, so glaubte er seit dieser Zeit, daß er bei der nächsten Sitzungsperiode in die politische Laufbahn gelangen würde, und zwar mit zwei früheren Journalisten, deren einer damals Minister war und sich bemühte, seine Kollegen wegzubeißen, um seine eigene Stellung zu befestigen. Nach sechsmonatlicher Abwesenheit sah Nathan Florine gern wieder und sank nachlässig in seine alten Gewohnheiten zurück. Das schwere Geflecht seines Lebens durchwirkte er mit den schönsten Blumen seiner idealen Liebe und mit den Freuden, die Florine ihm spendete. Seine Briefe an Marie waren Meisterwerke von Liebe, Anmut und Stil. Nathan machte sie zur Leuchte seines Lebens und unternahm nichts, ohne seinen guten Geist zu befragen. Voller Verzweiflung, daß er auf Seiten des Volkes stand, wollte er bisweilen die Partei der Aristokratie ergreifen, aber trotzdem er an Gewaltstreiche gewöhnt war, sah er die völlige Unmöglichkeit ein, von links nach rechts zu schwenken; jetzt wurde er leichter Minister. Maries kostbare Briefe verwahrte er in einer Mappe mit Geheimschloß, wie sie Huret und Fichet liefern, jene beiden Mechaniker, die sich in Paris mit Annoncen und Anschlägen herausforderten, wer die zuverlässigsten Sicherheitsschlösser herstellte. Diese Mappe blieb in Florines neuem Boudoir, in dem Raoul arbeitete. Niemand ist leichter zu täuschen, als eine Frau, der man alles zu sagen pflegt. Sie hegt keinerlei Mißtrauen, glaubt alles zu wissen und zu sehen. Zudem teilte die Schauspielerin seit ihrer Rückkehr ihr Leben mit Nathan und fand keine Unregelmäßigkeit darin. Nie hätte sie geahnt, daß diese Mappe, die sie kaum gesehen hatte, die er unauffällig einschloß, Schätze der Liebe enthielt – die Briefe einer Nebenbuhlerin, die die Gräfin auf Raouls Bitte nach dem Zeitungsbureau sandte. Nathans Lage schien also äußerst glänzend. Er hatte viele Freunde. Zwei Stücke, die er mit anderen zusammen verfaßt hatte, lieferten die Einnahmen für seinen Aufwand und benahmen ihm jede Sorge um die Zukunft. Zudem machte er sich gar keine Gedanken über seine Schuld bei du Tillet, seinem Freund.

»Wie soll man einem Freunde mißtrauen?« sagte er, wenn Blondet bisweilen Zweifel äußerte. Blondet war ja gewöhnt, alles zu zergliedern!

»Aber unseren Feinden brauchen wir doch nicht zu mißtrauen,« bemerkte Florine.

Nathan nahm du Tillet in Schutz. Du Tillet war der beste, der entgegenkommendste, der redlichste Mensch. Dies Dasein eines Seiltänzers ohne Balanzierstange hätte jeden erschreckt, selbst einen Unbeteiligten, hätte er das Geheimnis durchschaut; aber du Tillet betrachtete es mit dem Stoizismus und dem kalten Auge des Emporkömmlings. In der freundschaftlichen, biedermännischen Art, mit der er Nathan behandelte, leistete er sich furchtbare Scherze. Eines Tages, als er von Florine kam und ihn seinen Wagen besteigen sah, drückte er ihm die Hand und sagte zu Lousteau, einem ausgemachten Neidbold:

»Das fährt großartig ins Bois de Boulogne und, sitzt in einem halben Jahre vielleicht in Clichy hinter Schloß und Riegel.«

»Er? Nie!« rief Lousteau aus. »Er hat ja Florine.«

»Wer sagt dir denn, mein Junge, daß er sie behält? Du, der tausendmal so viel taugt wie er, wirst in sechs Monaten zweifellos unser Chefredakteur sein.«

Im Oktober war der Wechsel verfallen. Du Tillet verlängerte ihn huldvoll, aber nur auf zwei Monate, um den Diskont und eine neue Anleihe vermehrt. Siegesgewiß lebte Raoul aus dem Vollen. Frau Felix von Vandenesse sollte in ein paar Tagen zurückkehren, einen Monat früher als gewöhnlich. Ein unbezähmbares Verlangen trieb sie, Nathan wiederzusehen, und er wollte nicht in dem Augenblick in Geldverlegenheiten stecken, wo er seinen Minnedienst wieder aufnahm. Der Briefwechsel hatte die Begeisterung der Gräfin aufs höchste gesteigert, denn die Feder ist stets kühner als das Wort, und das in Stilblüten gekleidete Denken wagt sich an alles heran und kann alles sagen. Sie sah also in Raoul einen der schönsten Geister seiner Zeit, ein erlesenes, verkanntes Herz, ohne Makel und anbetungswürdig; sie sah ihn mit kecker Hand nach dem Kranze der Macht langen. Bald sollte seine Sprache, die in der Liebe so schön war, von der Tribüne herabdonnern.

Marie lebte nur noch in den verschlungenen Kreisen einer Sphäre, deren Mitte die Gesellschaft ist. Der stillen Freuden der Ehe überdrüssig, empfing sie die Wogen dieses stürmischen Lebens durch eine gewandte, liebeglühende Feder. Sie küßte seine Briefe, die inmitten der Presseschlachten entstanden und Stunden der Arbeit abgerungen waren. Sie fühlte ihren ganzen Wert, war sicher, allein geliebt zu sein und nur Ruhm und Ehrgeiz zu Nebenbuhlerinnen zu haben. Sie konnte im Schoß ihrer Einsamkeit all ihre Kräfte entfalten und war glücklich, die rechte Wahl getroffen zu haben. Nathan war ein Engel.

Zum Glück hatte ihr Landaufenthalt im Verein mit den Schranken, die zwischen ihr und Raoul bestanden, den gesellschaftlichen Klatsch zum Schweigen gebracht. In den letzten Herbsttagen nahmen also Marie und Raoul ihre Spaziergänge im Bois de Boulogne wieder auf. Konnten sie sich doch bis zur Wiedereröffnung der Salons nur dort sehen. So konnte Raoul die reinen, erlesenen Freuden seines idealen Lebens in größerer Ruhe genießen und sie vor Florine verbergen. Er arbeitete etwas weniger, zumal die Zeitung jetzt im Gange war und jeder Redakteur seine Arbeit kannte. Unwillkürlich zog er Vergleiche, die sämtlich zugunsten der Schauspielerin ausfielen, ohne daß die Gräfin dabei verlor. Abermals rieben ihn die Anstrengungen auf, zu denen ihn seine Herzens- und Verstandesliebe zu einer Dame der großen Welt verdammten, aber mit übermenschlicher Kraft gelang es ihm, auf drei Bühnen zugleich zu spielen: der Gesellschaft, der Zeitung und dem Theater.

Während Florine, die ihm für alles Dank wußte und fast all seine Mühen und Sorgen teilte, im rechten Augenblick kam und verschwand und ihm ein reiches Maß wahren Glückes ohne Phrasen, ohne Begleitmusik von Gewissensbissen bereitete, vergaß die Gräfin mit den unersättlichen Augen und dem keuschen Leibe seine ungeheure Arbeit und die Mühe, die es ihn oft kostete, sie einen Augenblick zu sehen. Statt zu herrschen, ließ Florine sich von ihm besitzen, verlassen und wieder besitzen, mit der Geschmeidigkeit einer Katze, die stets auf die Füße fällt und nur mit den Ohren zuckt. Diese Beweglichkeit der Sitten stimmt vortrefflich zu der ganzen Art der Männer des Gedankens. Jeder Künstler hätte es wie Nathan gemacht und seine schöne himmlische Liebe weiter verfolgt, diese glänzende Leidenschaft, die sein Dichterherz, seine geheime Größe, seine gesellschaftliche Eitelkeit bezauberte. In der Überzeugung, daß eine Indiskretion zur Katastrophe führen müßte, sagte er sich:

»Weder die Gräfin noch Florine darf etwas erfahren!« Standen sich doch beide so fern!

Zu Beginn des Winters erschien Raoul wieder in der Gesellschaft. Er stand auf dem Gipfel, war fast eine Persönlichkeit. Rastignac, der mit dem durch de Marsays Tod aufgelösten Ministerium gefallen war, stützte sich auf Raoul und stützte ihn durch seine Lobsprüche. Frau von Vandenesse wollte nun wissen, ob ihr Gatte über Nathan umgelernt hätte. Nach Jahresfrist fragte sie ihn abermals und hoffte auf eine jener glänzenden Genugtuungen, die allen Frauen, auch den edelsten und idealsten, so lieb sind. Denn man kann tausend gegen eins wetten, daß auch die Engel ihre Eigenliebe haben, wenn sie sich im Chor um Gottes Thron stellen.

»Nun ist er auch noch auf ein paar Intriganten hereingefallen,« versetzte der Graf.

Felix, dem seine Weltkenntnis und seine politische Erfahrung den Blick geschärft hatte, durchschaute Raouls Lage. Er erklärte seiner Frau in aller Ruhe, daß Fieschis Anschlag dahin geführt hatte, daß viele Leute, die in ihrer Gesinnung noch schwankten, für die in der Person König Louis Philippes bedrohten Interessen gewonnen worden seien. Die Zeitungen ohne ausgesprochene Farbe würden ihre Abonnenten verlieren, denn das Zeitungswesen würde sich mit der Politik vereinfachen. Hätte Nathan sein Vermögen in diese Zeitung gesteckt, so ginge er bald zugrunde. Dieser richtige und klare Blick, die in kurze Worte gefaßte Erkenntnis, die der Graf nur aussprach, um eine ihm gleichgültige Frage zu vertiefen, erschreckte Frau von Vandenesse, zumal bei einem Manne, der die Aussichten aller Parteien richtig einzuschätzen wußte.

»Du nimmst also großen Anteil an ihm?« fragte Felix seine Frau.

»Weil er ein Mann ist, dessen Geist mich belustigt, dessen Unterhaltung mir zusagt.«

Sie sagte es mit so natürlicher Miene, daß der Graf keinen Argwohn schöpfte. Am nächsten Tage um 4 Uhr, bei Frau von Espard, hatte Marie mit Raoul eine lange, leise Unterredung. Die Gräfin äußerte Besorgnisse, aber Raoul zerstreute sie. Es kam ihm sehr gelegen, das Ansehen, in dem ihr Gatte bei ihr stand, durch boshafte Bemerkungen zu erschüttern. Nathan konnte sein Mütchen an ihm kühlen. Er stellte den Grafen als kleinen Geist dar, als rückständigen Menschen, der die Julirevolution mit dem Maße der Restaurationszeit messen wollte, der den Sieg des Mittelstandes, die neue soziale Macht nicht erkennen wollte, die, ob vorübergehend oder bleibend, jedenfalls vorhanden war. Die Zeit der vornehmen Herrschaften war vorüber; die Herrschaft der wahrhaft Tüchtigen begann. Statt den mittelbaren, unparteiischen Rat eines Politikers, der ohne Leidenschaft gesprochen hatte, zu beherzigen, setzte Raoul sich aufs hohe Pferd, warf sich in die Brust und hüllte sich in den Purpur seiner Erfolge. Welche Frau glaubt ihrem Liebhaber nicht mehr als ihrem Gatten?

Frau von Vandenesse fühlte sich also beruhigt und setzte das Leben der unterdrückten Wallungen, der kleinen heimlichen Freuden, der verstohlenen Händedrücke fort, das im letzten Winter ihre Nahrung gewesen war. Aber dies Leben reißt eine Frau schließlich über die Schranken hinaus, wenn der geliebte Mann einige Energie hat und der Hemmnisse überdrüssig wird. Zu ihrem Glück hatte Raoul in Florine ein Gegengewicht und wurde ihr daher nicht gefährlich. Zudem war er in Interessen verstrickt, die ihn sein Glück nicht voll auskosten ließen. Immerhin konnte ein plötzliches Unglück, das Nathan zustieß, konnten erneute Hindernisse, wenn ihm die Geduld riß, die Gräfin in einen Abgrund stürzen.

Diese Möglichkeit erkannte Raoul bei Marie, als du Tillet gegen Ende Dezember sein Geld haben wollte. Der reiche Bankier behauptete, in Schwierigkeiten zu sein, und riet Raoul, die Summe auf vierzehn Tage bei einem Wucherer namens Gigormet zu leihen, einer Vorsehung zu 25 Prozent für junge Leute, die in Geldverlegenheit waren. In einigen Tagen sollte die Zeitung ihren neuen Jahrgang beginnen, und es mußte Geld in der Kasse sein. Du Tillet sollte etwas erleben! Und warum sollte Nathan nicht noch ein Stück schreiben? Aus Stolz wollte er um jeden Preis bezahlen. Du Tillet gab Nathan einen Brief an den Wucherer mit, auf den hin Gigonnet ihm das Geld für zwanzig Tage gegen Wechsel auf den Tisch legte. Statt nun nach den Gründen für diese Gefälligkeit zu forschen, war Raoul ärgerlich, daß er nicht mehr verlangt hatte. So lassen sich die bedeutendsten Leute von ihren Ideen nasführen. In einer ernsten Sache sehen sie Anlaß zu Scherzen, scheinen ihren Geist für ihre Werke aufzusparen und benutzen ihn nicht in den Dingen des praktischen Lebens, aus Angst, ihn zu vermindern. Raoul erzählte die Szene Florine und Blondet. Er schilderte ihnen Gigonnet, wie er leibte und lebte, den ruppigen Zettel mit seinem Namen, seine Treppe, seine asthmatische Klingel, seinen Türkratzer, seine kleine schäbige Strohmatte, seinen Ofen, der so kalt war, wie sein Blick. Er brachte sie zum Lachen über den neuen »Onkel«, und sie machten sich keine Sorgen, weder über du Tillet, der angeblich kein Geld hatte, noch über den Wucherer, der so anstandslos zahlte. Nichts als Possen!

»Er hat dir nur i5 Prozent abgenommen,« sagte Blondet. »Du hättest ihm danken müssen. Bei 25 Prozent grüßt man dies Pack nicht mehr. Der Wucher beginnt bei 50 Prozent. Dafür zeigt man Verachtung.«

»Verachtung?« wiederholte Florine. »Welcher von deinen Freunden liehe dir dafür Geld, ohne sich als Wohltäter aufzuspielen?«

»Sie hat recht,« versetzte Raoul. »Ich bin froh, daß ich du Tillet nichts mehr schuldig bin.«

Woher dieser Mangel an Scharfblick in den eigenen Geschäften bei Leuten, die gewohnt sind, alles zu ergründen? Vielleicht hat der Geist seine Lücken. Vielleicht leben die Künstler zu sehr in der Gegenwart, um die Zukunft zu ergründen. Vielleicht haftet ihr Blick zu sehr an den Lächerlichkeiten, um eine Falle zu sehen, und sie glauben, man würde es nicht wagen ... Die Zukunft ließ nicht auf sich warten. Nach zwanzig Tagen wurden die Wechsel protestiert. Aber Florine erbat und erhielt beim Handelsgericht einen Aufschub von 25 Tagen. Nun untersuchte Raoul seine Lage und verlangte eine Übersicht. Es ergab sich, daß die Einnahmen der Zeitung nur zwei Drittel der Unkosten deckten und daß die Abonnements abnahmen. Da wurde der große Mann unruhig und finster, aber nur Florine gegenüber, der er sich anvertraute. Florine riet ihm, Geld auf seine künftigen Theaterstücke zu leihen, indem er sie im ganzen verkaufte und die späteren Einnahmen veräußerte. Auf diese Weise brachte Nathan 20 000 Franken auf und verringerte seine Schuld auf 40 000 Franken.

Am 10. Februar waren die fünfundzwanzig Tage abgelaufen. Du Tillet veranlaßte Gigonnet, Raoul unbarmherzig zu verfolgen. Er wünschte ihn nicht als Nebenbuhler in dem Wahlkreis, in dem er sich aufstellen lassen wollte. Dem Advokaten Massol hatte er einen anderen Wahlkreis überlassen, der dem Ministerium sicher war. Ein Mann, der in Schuldhaft saß, konnte nicht kandidieren. Das Gefängnis von Clichy konnte den künftigen Minister verschlingen. Florine lag in ewigem Kampf mit den Gerichtsvollziehern wegen ihrer eigenen Schulden, und in dieser Krisis blieb ihr nichts als das »Ich!« der Medea, denn ihre Einrichtung war verpfändet. Der Ehrgeizige hörte sein junges Gebäude, das ohne Grundmauern war, in allen Fugen krachen. Schon fühlte er sich ohnmächtig, ein so großes Unternehmen durchzuführen, wieviel mehr also, es von neuem zu beginnen. So sollte er unter den Trümmern seines Luftschlosses begraben werden. Seine Liebe zu der Gräfin gab ihm noch einigen Lebensmut. Er trug eine heitere Maske zur Schau, aber darunter war die Hoffnung tot. Auf du Tillet hatte er keinen Verdacht, er sah nur den Wucherer. Rastignac, Blondet, Lousteau, Vernou, Finot und Massol hüteten sich wohl, einen Mann von so gefährlichem Tatendrang aufzuklären. Rastignac, der die Macht wieder an sich reißen wollte, machte gemeinsame Sache mit du Tillet und Nucingen. Die anderen sahen dem Todeskampf eines Gleichstehenden, der sich erdreistet hatte, ihr Herr zu sein, mit unendlichem Behagen zu. Keiner von ihnen hätte Florine ein Wort gesagt; im Gegenteil, sie rühmten Raoul vor ihr: »Nathan hat Schultern, um die ganze Welt zu tragen; er wird sich schon herausziehen; alles wird glänzend gehen!«

»Gestern haben wir zwei Abonnenten bekommen,« sagte Blondet ernst. »Raoul wird Deputierter. Ist das Budget bewilligt, so erscheint das Dekret, das die Kammer auflöst.«

Nathan, der wegen Schulden verfolgt wurde, konnte nicht mehr auf einen Wucherer rechnen. Florine, die gepfändet war, konnte nur noch auf eine zufällige Liebschaft mit irgendeinem Gimpel zählen, der sich nicht immer nach Bedarf einstellt. Nathans Freunde waren Leute ohne Geld und Kredit. Eine Verhaftung vernichtete seine Aussichten auf eine politische Laufbahn. Um das Unglück vollzumachen, steckte er tief in der Arbeit für die im voraus verkauften Stücke. Der Abgrund, der sich vor ihm auftat, schien bodenlos. Angesichts so vieler Gefahren verließ ihn sein Wagemut. Würde die Gräfin von Vandenesse ihr Los mit ihm teilen, mit ihm fliehen? In diesen Abgrund reißt die Frauen nur restlose Liebe, und ihrer beider Leidenschaft hatte sie nicht durch die geheimnisvollen Bande des Glücks aneinandergekettet. Aber selbst wenn die Gräfin ihm in die Fremde folgte, war sie ohne Vermögen, aller Mittel bar und vergrößerte nur seine Verlegenheit. Ein Geist zweiten Ranges, ein hochmütiger Mensch wie Nathan konnte jetzt kein anderes Schwert sehen, das diesen gordischen Knoten zerhieb, als den Selbstmord. Und er sah ihn. Der Gedanke, vor den Augen der Gesellschaft zu fallen, in die er eingedrungen war, die er hatte beherrschen wollen, die siegreiche Gräfin dort zu lassen und selbst wieder zu Fuße im Dreck zu laufen, war ihm unerträglich. Der Wahnsinn tanzte mit klingenden Schellen vor dem Tor des Luftschlosses, in dem der Dichter hauste. In dieser höchsten Not wartete Nathan auf einen Zufall und wollte erst im letzten Moment seinem Leben ein Ende machen.

In den letzten Tagen, die mit der Verkündung des Urteils, dem Erlaß und der Veröffentlichung des Haftbefehls hingingen, erschien Raoul überall mit der ungewollt kalten, finsteren Miene, die der Beobachter bei allen Selbstmördern oder bei denen feststellt, die an Selbstmord denken. Die düsteren. Gedanken, die sie wälzen, legen graue Wolkenschatten auf ihre Stirn. Ihr Lächeln hat etwas Fatalistisches, ihre Bewegungen sind feierlich. Diese Unglücklichen scheinen die goldenen Früchte des Lebens bis zur Schale aussaugen zu wollen. Ihre Blicke richten sich immerfort aufs Herz; sie hören ihr Grabgeläut in der Luft und sind unaufmerksam. Diese schrecklichen Symptome erkannte Marie eines Abends bei Lady Dudley an Raoul. Er war allein auf einem Divan in dem Boudoir sitzen geblieben, während die ganze Gesellschaft im Salon plauderte. Die Gräfin kam an die Tür; er blickte nicht auf, hörte weder Maries Atem noch das Rauschen ihres Seidenkleides. Er starrte mit schmerzverstörten Blicken auf eine Blume im Teppich; er wollte lieber sterben als abdanken. Nicht jeder hat den Sockel von St. Helena. Zudem grassierte der Selbstmord damals in Paris: muß er nicht das letzte Wort aller ungläubigen Gesellschaften sein? Raoul hatte den Entschluß gefaßt, zu sterben. Verzweiflung ist stärker als Hoffnungen, und Raouls Verzweiflung sah keinen anderen Ausweg als das Grab.

»Was ist dir?« fragte Marie, zu ihm eilend.

»Nichts,« antwortete er.

Unter Liebenden gibt es eine Art, *Nichts* zu sagen, die genau das Gegenteil bedeutet. Marie zuckte die Achseln.

»Du bist ein Kind!« sagte sie. »Steht dir ein Unglück bevor?«

»Mir nicht,« entgegnete er. »Außerdem wirst du es immer noch zu früh erfahren, Marie,« fuhr er liebevoll fort.

»Woran dachtest du, als ich hereinkam?« fragte sie gemessen.

»Willst du die Wahrheit wissen?«

Sie nickte.

»Ich dachte an dich. Ich sagte mir, an meiner Stelle hätte mancher gewünscht, rückhaltlos geliebt zu werden. Das werde ich doch?«

»Ja,« sagte sie.

»Und,« fuhr Raoul fort, indem er ihre Taille umschlang und sie an sich zog, um ihr die Stirn zu küssen, auf die Gefahr hin, überrascht zu werden, »ich lasse dich rein und ohne Reue zurück. Ich kann dich in den Abgrund mitreißen, und du bleibst am Rande stehen, ohne Flecken, in all deinem Glänze. Nur ein einziger Gedanke beunruhigt mich...«

»Welcher?«

»Du wirst mich verachten.«

Sie lächelte stolz.

»Ja, du wirst es nie glauben, daß du heilig geliebt wurdest. Dann wird man mich schmähen, ich weiß es. Die Frauen können sich nicht vorstellen, daß wir aus der Tiefe unsres Schlammes zum Himmel aufblicken, um dort ganz allein eine Maria anzubeten. Sie verquicken diese heilige Liebe mit traurigen Fragen; sie begreifen nicht, daß Männer von hohem Verstände und von tiefer Poesie ihre Seele dem Genuß entreißen können, um sie auf einem teuren Altar zu weihen. Und doch, Marie, ist der Kultus des Ideals bei uns leidenschaftlicher als bei Euch: wir finden ihn in der Frau, die ihn in uns nicht mal sucht.«

»Warum dieser Aufsatz?«

»Ich verlasse Frankreich. Morgen wirst du erfahren, warum und wie. Mein Diener wird dir einen Brief bringen. Leb wohl, Marie!«

Raoul drückte die Gräfin mit wilder Gewalt an sein Herz und ging. Sie blieb schmerzbetäubt zurück.

»Was ist Ihnen denn, meine Liebe?« fragte die Marquise von Espard, die sich nach ihr umsah. »Was hat Nathan Ihnen gesagt? Er hat uns in melodramatischer Weise verlassen. Sie sind vielleicht zu verständig, oder zu unverständig?«

Die Gräfin ergriff Frau von Espards Arm und ging mit ihr in den Salon zurück. Kurz darauf verabschiedete sie sich.

»Sie geht vielleicht zu ihrem ersten Stelldichein,« sagte Lady Dudley zu der Marquise.

»Das werde ich erfahren,« entgegnete Frau von Espard. Sie ging gleichfalls und folgte dem Wagen der Gräfin.

Aber das Kupee der Frau von Vandenesse schlug den Weg nach dem Faubourg Saint-Honore ein. Als Frau von Espard umkehrte, sah sie die Gräfin nach dem Faubourg weiterfahren, um nach der Rue de Rocher zu gelangen. Marie legte sich zur Ruhe, fand aber keinen Schlaf und verbrachte die Nacht mit der Lektüre einer Nordpolreise, ohne das mindeste zu verstehen. Um halb neun Uhr erhielt sie einen Brief von Raoul und erbrach ihn hastig. Der Brief begann mit den klassischen Worten:

»Meine teure Geliebte, wenn Du diese Zeilen erhältst, bin ich nicht mehr ...«

Sie las nicht weiter, zerknitterte den Brief mit krampfhafter Nervosität, schellte nach ihrer Kammerzofe, zog hastig ein Morgenkleid an, fuhr in die ersten besten Stiefel, warf einen Schal um und nahm einen Hut. Dann trug sie der Kammerzofe auf, ihrem Gatten zu sagen, sie sei bei ihrer Schwester, Frau du Tillet.

»Wo haben Sie Ihren Herrn verlassen?« fragte sie Raouls Diener.

»Im Zeitungsbureau.«

»Hin,« gebot sie.

Zum großen Erstaunen des ganzen Hauses ging sie um neun Uhr zu Fuß aus, mit sichtbaren Zeichen von Verstörtheit. Zu ihrem Glück sagte die Kammerzofe dem Grafen, die Gnädige hätte einen Brief von Frau du Tillet erhalten, der sie außer Fassung gebracht hätte, und sie wäre zu ihrer Schwester geeilt, in Begleitung des Dieners, der ihr den Brief überbracht hätte. Vandenesse wartete die Rückkehr seiner Frau ab, um Näheres zu erfahren. Die Gräfin nahm eine Droschke und war bald in der Redaktion. Zu dieser Zeit waren die weiten Räume des Zeitungsbureaus leer, das in einem alten Privathaus in der Rue Feydeau lag. Nur ein Bureaudiener war da. Er war sehr erstaunt, als eine junge hübsche Dame ganz verstört durch das Haus gelaufen kam und ihn fragte, wo Herr Nathan sei.

»Er ist jedenfalls bei Fräulein Florine,« antwortete er. Er hielt die Gräfin für eine Nebenbuhlerin, die ihm eine Eifersuchtsszene machen wollte.

»Wo arbeitet er hier?«

»In einem Zimmer, dessen Schlüssel er in der Tasche hat.«

»Ich will hin.«

Der Bureaudiener führte sie nach einem düsteren Stübchen, das auf einen Hinterhof ging. Es war früher ein Ankleidezimmer neben einem großen Schlafzimmer gewesen, dessen Alkoven nicht beseitigt war. Das Stübchen lag seitlich dahinter. Die Gräfin riß das Fenster des Schlafzimmers auf und konnte durch das Fenster des Stübchens sehen, was darin vorging: Nathan saß röchelnd auf seinem Redakteursessel.

»Brechen Sie die Tür auf und halten Sie reinen Mund. Ich will Sie bezahlen,« gebot sie. »Sehen Sie denn nicht, daß Herr Nathan stirbt?«

Der Diener holte aus der Druckerei einen eisernen Rahmen, mit dem er die Tür aufbrechen konnte. Raoul suchte den Tod durch Einatmen von Kohlendampf aus einer Wärmepfanne, wie eine kleine Näherin. Er hatte eben einen Brief an Blondet beendet, worin er ihn bat, seinen Selbstmord als Schlaganfall auszugeben. Die Gräfin kam noch zur Zeit. Sie ließ Raoul in die Droschke tragen, und da sie nicht wußte, wo sie ihn pflegen sollte, fuhr sie nach einem Hotel, nahm ein Zimmer und schickte den Bureaudiener nach einem Arzte. Nach ein paar Stunden war Raoul außer Gefahr, aber die Gräfin wich nicht von seinem Lager, bevor er eine Generalbeichte abgelegt hatte. Nachdem der gestürzte Ehrgeizige ihr die furchtbaren Elegien seines Schmerzes ins Herz gegossen hatte, kehrte sie nach Hause zurück. Nun fiel *sie* all den Qualen, all den Gedanken zum Opfer, die tags zuvor Nathans Stirn verdüstert hatten.

»Ich bringe alles in Ordnung,« hatte sie zu ihm gesagt, um ihn ins Leben zurückzurufen.

»Nun, was ist denn mit deiner Schwester?« fragte Felix seine Frau, als er sie zurückkehren sah. »Ich finde dich sehr verändert.«

»Es ist eine furchtbare Geschichte, über die ich das tiefste Schweigen bewahren muß,« antwortete sie, ihre Kraft wiederfindend, um Ruhe zu heucheln.

Um allein zu sein und ihren Gedanken freien Lauf zu lassen, war sie am Abend ins italienische Theater gegangen; dann fuhr sie zu ihrer Schwester und schüttete ihr das Herz aus. Sie erzählte ihr die furchtbare Szene am Morgen, ging sie um Rat und Hilfe an. Weder sie noch ihre Schwester konnten damals wissen, daß es du Tillet gewesen war, der die gemeine Kohlenpfanne angezündet hatte, deren Anblick die Gräfin von Vandenesse entsetzt hatte.

»Er hat nur mich auf der Welt,« sagte Marie zu ihrer Schwester, »und ich werde ihn nicht im Stiche lassen.«

Dies Wort birgt das Rätsel aller Frauen. Sie sind Heldinnen, sobald sie gewiß sind, daß sie für einen großen Mann ohne Makel alles sind.

Du Tillet hatte von der mehr oder minder wahrscheinlichen Neigung seiner Schwägerin zu Nathan gehört, war aber einer von denen, die sie abstritten oder sie mit Raouls Verhältnis zu Florine für unvereinbar hielten. Die Schauspielerin mußte die Gräfin verdrängen und umgekehrt. Als er jedoch an diesem Abend heimkehrte und seine Schwägerin erblickte, die schon im Theater sehr verstört ausgesehen hatte, erriet er, daß Raoul der Gräfin seine Verlegenheit gebeichtet hatte. Sie liebte ihn also, sie war also zu Marie Eugenie gekommen, um sie um das Geld zu bitten, das der alte Gigonnet verlangte. Frau du Tillet, der die Geheimnisse dieses schier übernatürlichen Scharfblickes verborgen blieben, hatte sich so bestürzt gezeigt, daß der Argwohn ihres Gatten zur Gewißheit wurde. Der Bankier glaubte den Faden von Nathans Ränken in Händen zu haben.

Niemand wußte, daß der Unglückliche in einem Hotel garni in der Rue du Mail zu Bette lag, und zwar unter dem Namen des Bureaudieners, dem die Gräfin 500 Franken versprochen hatte, wenn er über die Ereignisse der Nacht und des Morgens den Mund hielt. Daher war François Quillet so klug gewesen, der Portierfrau zu sagen, Nathan sei infolge von Überarbeitung unwohl. Du Tillet wunderte sich nicht, Nathan nicht zu sehen. Es war nur natürlich, daß der Journalist sich vor den Leuten verbarg, die ihn verhaften wollten. Als die Spione sich erkundigten, erfuhren sie, daß am Morgen eine Dame den Chefredakteur abgeholt hatte. Zwei Tage vergingen, bis sie die Nummer der Droschke heraushatten, den Kutscher ausfragten, das Hotel erfuhren, in dem der Schuldner zum Leben zurückkehrte, und dort Nachforschungen anstellten. So hatten Maries kluge Maßregeln Nathan einen Aufschub von drei Tagen verschafft.

Beide Schwestern verbrachten also eine furchtbare Nacht. Eine derartige Katastrophe wirft ihre Glut auf das ganze Leben und beleuchtet die Klippen und Hintergründe mehr als die Gipfel, die bis dahin den Blick auf sich lenkten. Erschüttert von dem furchtbaren Schauspiel eines noch jungen Mannes, der in seinem Lehnstuhl vor seiner Zeitung stirbt und wie ein Römer seine letzten Gedanken aufzeichnet, hatte die arme Frau du Tillet keinen anderen Gedanken, als ihm Hilfe zu bringen und die Seele zu retten, durch die ihre Schwester lebte. Es liegt in unserer Geistesart, daß wir die Wirkungen betrachten, bevor wir die Ursachen ergründen. Eugenie kam wieder auf ihr Vorhaben zurück, sich an die Baronin Delphine von Nucingen zu wenden, bei der sie speiste. Der Erfolg erschien ihr außer Zweifel. Hochherzig wie alle, die nicht von den glatten Stahlrädern der modernen Gesellschaft erfaßt worden sind, beschloß Frau du Tillet, alles auf sich zu nehmen.

Die Gräfin war ihrerseits schon glücklich, Nathans Leben gerettet zu haben. Sie grübelte die Nacht durch über Kriegslisten nach, wie sie sich 40 000 Franken verschaffen könnte. In solchen Krisen sind die Frauen erhaben. Indem sie sich durch ihr Gefühl leiten lassen, gelangen sie zu Kombinationen, die die Diebe, die Geschäftsleute und die Wucherer verblüffen würden, ließen sich diese drei Arten von mehr oder minder anerkannten Geschäftsleuten durch irgend etwas verblüffen. Die Gräfin wollte ihre Diamanten verkaufen und dafür falsche tragen. Sie wollte ihren Mann bitten, ihr die Summe für ihre Schwester zu leihen, die sie ja schon in die Sache hineingezogen hatte, aber sie war zu vornehm, um zu solchen entehrenden Mitteln zu greifen. Sie faßte den Gedanken und gab ihn wieder auf. Das Geld ihres Gatten für Nathan! Sie fuhr in ihrem Bette hoch, über ihre verbrecherische Absicht entsetzt. Falsche Diamanten einsetzen – das würde ihr Mann schließlich merken. Sie wollte die Rothschilds um die Summe bitten, sie schwammen ja in Gold, oder den Erzbischof von Paris, der den Armen helfen mußte. Derart ging sie von einer Religion zur andern über und flehte überall um Hilfe. Sie bedauerte, daß sie nicht mehr zur Regierung gehörte. Früher hätte sie in der Umgebung des Thrones Geld gefunden. Sie verfiel auf ihren Vater. Aber der alte Jurist hatte einen Abscheu vor allem Ungesetzlichen; seine Kinder halten schließlich erfahren, wie wenig er für unglückliche Liebschaften übrig hatte. Er wollte gar nichts davon hören, war ein Menschenfeind geworden und hatte einen Abscheu vor jeder Liebelei. Die Gräfin Granville schließlich lebte zurückgezogen in der Normandie auf einem ihrer Güter, sparte und betete und beschloß ihre Tage zwischen Priestern und Geldsäcken, kalt bis zum letzten Augenblick. Hätte Marie auch Zeit gehabt, nach Bayeux zu reisen, hätte ihre Mutter ihr doch schwerlich soviel Geld gegeben, wenn sie nicht wußte, wofür? Schulden vorschützen? Ja, vielleicht ließ sie sich von ihrer Lieblingstochter rühren. Also im Fall des Mißerfolges wollte die Gräfin nach der Normandie reisen. Graf Granville würde sich nicht weigern, ihr einen Vorwand für die Reise zu liefern, etwa die falsche Nachricht, daß seine Frau schwer erkrankt wäre.

Der trostlose Anblick, der sie am Morgen entsetzt hatte, Nathans Pflege, die Stunden, die sie an seinem Krankenbette verbracht hatte, seine abgerissenen Erzählungen, dieser Todeskampf eines großen Geistes, der Flug des Genius, den ein gemeines, niedriges Hindernis hemmte, alles kam ihr wieder zu Bewußtsein und spornte ihre Liebe an. Sie ging ihre Empfindungen noch einmal durch und fand sich durch Nathans Unglück noch mehr verliebt, als durch seine Größe. Halte sie diese Stirn geküßt, wenn sie erfolggekrönt war? Nein. In den letzten Worten, die Nathan im Boudoir der Lady Dudley zu ihr gesagt hatte, fand sie etwas unendlich Vornehmes. Welche Heiligkeit in seinem Lebewohl! Welche Vornehmheit in der Preisgabe eines Glückes, das ihr zur Qual geworden wäre! Die Gräfin hatte sich Gefühlswallungen in ihrem Leben gewünscht. Nun hatte sie sie, überreich, furchtbar, grausam, aber sie liebte sie. Sie lebte stärker im Schmerz als im Genuß. Mit welcher Wonne sagte sie sich: »Ich habe ihn schon gerettet, ich werde ihn weiter retten!« Und sie hörte ihn wieder ausrufen: »Nur Unglückliche wissen, wie weit die Liebe geht!« als er die Lippen seiner Marie auf seiner Stirn gefühlt hatte.

»Bist du krank?« fragte ihr Gatte sie, als er in ihr Schlafzimmer trat, um sie zum Frühstück zu holen.

»Ich leide entsetzlich unter dem Drama, das sich bei meiner Schwester abspielt,« sagte sie, ohne die Unwahrheit zu sagen.

»Sie ist in recht schlechte Hände geraten. Es ist eine Schande für eine Familie, einen du Tillet zum Verwandten zu haben, einen Mann ohne Adel. Stieße deiner Schwester ein Unglück zu, so fände sie bei ihm kein Mitleid.«

»Welche Frau will etwas von Mitleid wissen?« sagte die Gräfin mit krampfhafter Bewegung. »Ihr Unbarmherzigen, eure Härte ist eine Gnade für uns.«

»Daß du ein edles Herz hast, weiß ich nicht erst seit heute,« sagte Felix und küßte seiner Frau die Hand. Er war tief bewegt von ihrem Stolze. »Eine Frau, die so denkt, braucht man nicht zu bewachen.«

»Bewachen?« wiederholte sie. »Noch eine Schande, die auf euch fällt.«

Felix lächelte, aber Marie wurde rot. Wenn eine Frau sich heimlich vergangen hat, trägt sie den weiblichen Stolz besonders zur Schau. Das ist eine geistige Verstellung, für die man den Frauen dankbar sein muß. Der Betrug ist dann voller Würde, ja voller Größe. Marie schrieb ein paar Zeilen an Nathan unter dem Namen Quillet, um ihm zu sagen, daß alles gut ginge, und schickte sie durch einen Dienstmann nach dem Hotel du Mail. Abends in der Oper hatte die Gräfin den Vorteil von ihrer Lüge, denn ihr Gatte fand es ganz in der Ordnung, daß sie ihre Loge verließ, um zu ihrer Schwester zu gehen. Felix wartete, bis du Tillet seine Frau verlassen hatte, und ging dann hin, um sie abzuholen. Welche Empfindungen durchtobten Maries Herz, als sie über den Korridor ging, die Loge ihrer Schwester betrat und dort vor aller Welt mit ruhiger und heitrer Stirn Platz nahm! Man wunderte sich, sie beisammen zu sehen.

»Nun?« fragte sie.

Marie Eugenies Gesicht gab die Antwort. Eine naive Freude glänzte darauf, von vielen für befriedigte Eitelkeit gehalten.

»Er wird gerettet, Liebste, aber nur für drei Monate. Inzwischen werden wir zusehen, wie wir ihm wirksamer helfen. Frau von Nucingen verlangt vier Wechselbriefe auf je 10 000 Franken, von irgendwem unterschrieben, um dich nicht bloßzustellen. Sie hat mir erklärt, wie sie sein müssen. Ich habe nichts davon verstanden, aber Herr Nathan wird sie dir ausstellen. Ich hatte nun den Einfall, daß Schmuke, unser alter Musiklehrer, uns dabei sehr nützlich sein kann. Er würde sie unterschreiben. Wenn du diesen vier Wechseln einen Brief von dir beifügst, mit dem du Frau von Nucingen gegenüber Bürgschaft leistest, kannst du das Geld morgen haben. Mach alles selbst, vertraue dich niemandem an. Ich glaube, Schmuke wird dir nichts abschlagen. Um allen Verdacht zu zerstreuen, habe ich gesagt, du wolltest unsern alten Musiklehrer, einen Deutschen, dem es schlecht geht, zu Dank verpflichten. Ich konnte also um tiefste Verschwiegenheit bitten.«

»Du bist klug wie ein Engel! Wenn nur die Baronin von Nucingen nicht schwatzt, nachdem sie das Geld hergegeben hat!« sagte die Gräfin und blickte gen Himmel, wie um Gott anzuflehen, obwohl sie in der Oper war.

»Schmuke wohnt in der kleinen Rue de Nevers am, Quai Conti. Vergiß es nicht, gehe selbst hin.«

»Danke!« sagte die Gräfin und drückte ihrer Schwester die Hand. »Ach, ich gäbe zehn Jahre meines Lebens hin ...«

»Wenn du alt bist ...«

»Wenn ich damit solche Ängste für immer verbannen könnte,« schloß die Gräfin, über die Einschaltung lächelnd.

Alle, die ihre Gläser in diesem Moment auf die beiden Schwestern richteten, konnten angesichts ihres harmlosen Lächelns meinen, daß sie sich über irgendwelche Nichtigkeiten aufhielten. Aber einer der Müßiggänger, die weniger zu ihrem Vergnügen in die

Oper gehen, als um die Toiletten und Gesichter auszuspionieren, hätte das Geheimnis der Gräfin wohl erraten können, wenn er die heftige Erregung beobachtete, die die Freude aus diesen zwei reizenden Gesichtern verscheuchte. Raoul, der zur Nachtzeit die Gerichtsbeamten nicht fürchtete, erschien bleich, mit unruhigen Blicken und trüber Stirn auf der Treppenstufe, auf der er gewöhnlich stand. Er suchte die Gräfin in ihrer Loge, fand sie leer und vergrub sein Gesicht in den Händen, während er sich gegen die Brüstung lehnte.

»Kann sie in der Oper sein?« fragte er sich.

»Sieh uns doch an, armer großer Mann,« sagte Frau du Tillet leise.

Marie dagegen starrte ihn, auf die Gefahr hin, sich bloßzustellen, mit jenem heftigen Blick an, der den Willen ins Auge verlegt, wie die Sonne ihre Lichtstrahlen aussendet, jenem Blick, der nach den Magnetiseuren die Person durchdringt, auf die er gerichtet ist. Raoul fühlte sich wie von einem Zauberstabe berührt. Er blickte auf und seine Augen trafen plötzlich die Blicke der beiden Schwestern. Mit der wunderbaren Geistesgegenwart, die die Frauen nie verläßt, griff Frau von Vandenesse nach einem Kreuz, das auf ihrem Busen spielte, und zeigte es ihm mit einem raschen, bedeutsamen Lächeln. Das Juwel strahlte bis auf Raouls Stirn, und er antwortete mit einem freudigen Ausdruck: er hatte verstanden.

»Ist das gar nichts, Eugenie,« sagte die Gräfin zu ihrer Schwester, »wenn man derart die Toten wieder auferweckt?«

»Du kannst Mitglied der Gesellschaft für Schiffbrüchige werden,« antwortete Eugenie lächelnd.

»Wie traurig und niedergeschlagen ist er gekommen, und wie zufrieden wird er gehen!«

»Na, wie geht's dir, mein Lieber?« fragte du Tillet Raoul und drückte ihm die Hand. Er sprach ihn mit allen Zeichen der Freundschaft an.

»Wie einem, der die besten Nachrichten über die Wahlen erhalten hat,« antwortete Raoul strahlend.

»Ich werde gewählt werden.«

»Entzückt,« entgegnete du Tillet. »Wir brauchen aber Geld für die Zeitung.«

»Das findet sich,« sagte Raoul.

»Die Frauen haben den Teufel für sich!« sagte du Tillet, ohne weiter auf Raouls Worte einzugehen.

»Wieso?«

»Meine Schwägerin ist bei meiner Frau,« sagte der Bankier. »Da wird irgendeine Intrige gesponnen. Es scheint, daß die Gräfin für dich schwärmt; sie grüßt dich durchs ganze Theater.«

»Schau,« sagte Frau du Tillet zu ihrer Schwester. »Uns nennt man falsch. Mein Gatte tut schön mit Nathan und will ihn doch ins Gefängnis bringen!«

»Und da klagen die Männer uns an!« rief die. Gräfin. »Ich will ihm ein Licht aufstecken.«

Sie stand auf, nahm den Arm ihres Gatten, der sie auf dem Gange erwartete, und kehrte strahlend in ihre Loge zurück. Dann verließ sie die Oper, bestellte ihren Wagen für den nächsten Morgen vor 8 Uhr und war um ½ 9 Uhr am Quai Conti, nachdem sie in der Rue du Mail vorgesprochen hatte.

Die kleine Rue de Nevers war so schmal, daß der Wagen nicht hineinkonnte. Aber Schmuke wohnte in einem Eckhaus des Quais, und so brauchte die Gräfin nicht durch den Straßenschmutz zu gehen. Sie gelangte vom Trittbrett ihres Wagens fast unmittelbar in den schmutzigen, baufälligen Eingang des alten geschwärzten Hauses, das durch Eisenklammern zusammengehalten war, wie das Steingutgeschirr eines Portiers, und derart überhing, daß es die Passanten bedrohte. Der alte Kapellmeister wohnte im vierten Stock und hatte einen schönen Ausblick auf die Seine, vom Pont Neuf bis zu der Anhöhe von Chaillot. Der gute Mensch war so überrascht, als der Lakai ihm den Besuch seiner alten Schülerin meldete, daß er sie in seiner Bestürzung hereinkommen ließ. Nie hätte die Gräfin dies Dasein geahnt, das sich ihren Blicken darbot, oder es sich auch nur vorgestellt, obwohl sie seit lange Schmukes tiefe Verachtung für die Kleidung und seine geringe Anteilnahme an den Dingen der Welt kannte. Wer hätte dies In-den-Tag-hineinleben, diese völlige

Sorglosigkeit für möglich gehalten? Schmuke war ein Diogenes der Musik, er schämte sich seiner Unordnung nicht. Er hätte sie sogar geleugnet, so sehr war er daran gewöhnt. Durch das fortwährende Rauchen aus einer mächtigen deutschen Pfeife hatten die Zimmerdecke und die elenden Tapeten, die an tausend Stellen von einer Katze zerschrammt waren, eine gelbliche Färbung erhalten, die allen Gegenständen das Aussehen reifender Kornfelder gab. Die Katze in ihrem prächtigen Seidenpelz, der den Neid einer Portierfrau erregt hätte, vertrat die Stelle der Hausfrau. Bärtig und ernst saß sie unbesorgt da und thronte meisterlich auf dem guten Wiener Klavier. Sie warf der Gräfin beim Eintreten jenen honigsüßen kalten Blick zu, mit dem jede, über ihre Schönheit erstaunte Frau sie begrüßt hätte. Sie rührte sich nicht, bewegte nur die Silberfäden ihres abstehenden Bartes und blickte dann Schmuke mit ihren Goldaugen an. Das Klavier war von gutem, schwarz und golden bemalten Holze, aber altersschwach und schmutzig. Die Farbe war verblichen und abgeplatzt, die Tasten abgenutzt wie alte Roßzähne und durch die Rußwolken der Pfeife vergilbt. Kleine Aschenhaufen auf dem Deckel verrieten, daß Schmuke Tags zuvor auf dem alten Instrument zu irgendeinem musikalischen Hexensabbat geritten war. Der Fußboden war bedeckt mit trocknem Schmutz, Papierfetzen, Pfeifenasche, undefinierbaren Überresten, wie der Fußboden eines Pensionats, wenn acht Tage nicht ausgekehrt ist, und die Dienste boten einen Haufen von Dingen zusammenfegen, die zwischen Müllhaufen und Lumpen schwanken. Ein geübteres Auge als das der Gräfin hätte darin Spuren von Schmukes Leben entdeckt: Kastanien und Kartoffelschalen, Eierschalen in Scherben von Tellern, die aus Unachtsamkeit zerbrochen und mit Sauerkraut beschmutzt waren. Dieser deutsche Müll bildete einen Teppich staubiger Abfälle, die unter den Schritten knirschten, und vermischte sich mit einem Aschenhaufen, der majestätisch aus einem bemalten Steinkamin herabfiel. In diesem thronte ein großes Stück Kohle, vor dem zwei Holzscheite zu schwelen schienen. Über dem Kamin befand sich ein Wandspiegel, in dem die Gestalten eine Sarabande tanzten; links hing die berühmte Pfeife, rechts ein chinesischer Topf, in dem der Professor seinen Tabak aufhob. Zwei Lehnstühle, die er irgendwo aufgekauft hatte, ebenso eine schmale flache Bettstelle, eine wurmstichige Kommode ohne Marmorplatte und ein lahmer Tisch, auf dem die Überreste eines frugalen Frühstücks standen, vervollständigten diese Einrichtung, die so einfach war wie die eines Wigwams der Mohikaner. Ein Rasierspiegel hing am Drehriegel des gardinenlosen Fensters und darüber ein durch das Reinigen des Rasiermessers streifiger Lappen – die einzigen Opfer, die Schmuke der Welt und den Grazien brachte.

Die Katze, ein schwaches, schutzbedürftiges Wesen, hatte es am besten. Sie erfreute sich eines alten Sofakissens, neben dem eine Tasse und ein weißer Porzellanteller standen. Keine Feder aber vermag zu beschreiben, in welchen Zustand Schmuke, die Katze und die Pfeife, diese lebendige Dreieinigkeit, den Hausrat versetzt hatten. Die Pfeife hatte Löcher in den Tisch gebrannt. Die Katze und Schmukes Kopf hatten den grünen Utrechter Samt der beiden Lehnstühle derart fettig gemacht, daß er seine Rauheit verloren hatte. Ohne den prächtigen Katzenschwanz, der zum Haushalt gehörte, wären die freien Stellen auf dem Klavier und der Kommode nie abgestaubt worden. In einer Ecke standen die Schuhe, die einer epischen Darstellung bedürften. Auf der Kommode und dem Klavier lagen Haufen von Notenbüchern mit abgeschabten, zerrissenen Rücken und ausgebleichten, abgestoßenen Ecken, aus denen die tausend Blätter des Inhalts hervorsahen. An den Wänden waren die Adressen der Schüler mit Oblaten angeklebt. Zahlreiche Oblaten ohne Papierzettel verrieten die früheren Adressen. Auf dem Papier standen Rechnungen in Kreide. Die Kommode schmückten leere Bierkrüge, die tags zuvor ausgetrunken waren; sie sahen inmitten dieses Gerümpels und dieses Papierwusts neu und glänzend aus. Die Körperpflege war durch einen Wasserkrug vertreten, der von einem Handtuch gekrönt war, und durch ein Stück weißer, blau gesprenkelter Küchenseife, die das Holz an mehreren Stellen rosig färbte. Zwei Hüte, einer so alt wie der andre, hingen an einem Kleiderständer neben dem alten Radmantel mit drei Kragen, den die Gräfin bei Schmuke von jeher kannte. Auf dem Fenstersims standen drei Blumentöpfe, jedenfalls deutsche Blumen, und dabei lag ein Stock aus Stechpalmenholz.

Obwohl Gefühl und Geruchsinn der Gräfin unangenehm berührt waren, verhüllte Schmukes Blick und Lächeln ihr diese Armseligkeiten mit himmlischen Strahlen. Er ließ die gelblichen Farben leuchten und belebte dies Chaos. Die Seele dieses göttlichen Mannes, der so viel himmlische Dinge kannte und offenbarte, strahlte wie eine Sonne. Sein so offenes, kindlich frohes Lachen beim Anblick einer seiner heiligen Cäcilien verbreitete den Glanz der Jugend, der Heiterkeit und der Unschuld. Er teilte die holdesten Schätze der Menschheit aus und schuf sich daraus einen Mantel, der seine Armut verhüllte. Der hochmütigste Emporkömmling hätte es vielleicht unvornehm gefunden, an die Umwelt zu denken, in der dieser prächtige Apostel des musikalischen Glaubens sein Leben führte.

»Hé, bar kel hassart, izi, tschère montame la gondesse? Welcher Zufall führt Sie hierher, liebe Frau Gräfin?« fragte er in seinem Kauderwelsch. »Vaudile kè che jande lei gandike te Zimion à mon ache? Soll ich in meinem Alter das Lied Simeons singen?«

Bei diesem Gedanken mußte er noch toller lachen. »Souis-che en ponne fordine? Habe ich Glück!« fuhr er schalkhaft fort.

Dann lachte er wieder wie ein Kind.

»Vis fennez pir la misik, hai non pir ein baufre ôme. Che lei sais. Sie kommen wegen der Musik, nicht wegen eines armen Mannes. Das weiß ich,« sagte er schwermütig. »Mais fenez per tit ce ke vi foudresse, vis savez qu'ici tit este à visse, corpe, hâme, hai piens. Aber kommen Sie, weswegen es auch sei. Sie wissen, hier steht Ihnen alles zu Diensten, Leib und Seele, nicht wahr?«

Er ergriff die Hand der Gräfin, küßte sie und ließ eine Träne darauf fallen, denn der Biedermann war der erwiesenen Wohltat stets eingedenk. Seine Freude hatte ihm zwar einen Augenblick die Erinnerung geraubt, aber sie kehrte desto stärker zurück. Sofort griff er nach der Kreide, sprang auf den Lehnstuhl vor dem Klavier und schrieb mit der Geschwindigkeit eines Jünglings in großen Buchstaben auf das Papier: »17. Februar 1835«. Diese reizende, naive Bekundung seiner Dankbarkeit erfolgte mit solchem Ungestüm, daß die Gräfin tief bewegt war.

»Meine Schwester kommt auch,« sagte sie zu ihm.

»L' audre auzi? Gand? Gand? Ke cé soid afant qu'il meure! Die andre auch? Wann? Wann? Hoffentlich vor meinem Tode!« sagte er.

»Sie wird herkommen, um Ihnen für einen großen Dienst zu danken, um den ich Sie in ihrem Namen bitte,« fuhr sie fort.

»Fitte, fitte, fitte, fitte! Los! Los! Los! Los!« rief Schmuke. »Ké vaudille vaire? Vaudille hâler au tiaple? Was soll ich tun? Soll ich zum Teufel gehen?«

»Weiter nichts, als unter jeden dieser Zettel schreiben: *Akzept für 10 000 Franken*,« sagte sie und zog aus ihrem Muff vier Wechselformulare, die nach Nathans Anweisung ausgestellt waren.

»Hâ! ze zera piendotte vaidde! Ha, das ist bald besorgt!« entgegnete der Deutsche mit der Sanftmut eines Lammes. »Seulemente, che neu saite pas i se druffent messes blîmes et mon kangrier. Nur weiß ich nicht, wo meine Federn und mein Tintenfaß stecken. – Fattan te la, mein herr Mirr! Mach, daß du fortkommst, mein Herr Murr!« schrie er die Katze an, die ihn kalt anblickte. »Sei mon châs, das ist mein Kater,« sagte er, auf die Katze weisend. »C'es la baufre hânîmâle ki fit avècque li baufre Schmuke! Ille hai pô! Das ist das arme Tier, das mit dem armen Schmuke lebt! Es ist schön!«

»Ja,« sagte die Gräfin.

»Lé voullez-visse? Wollen Sie ihn haben?« fragte er.

»Wo denken Sie hin?« entgegnete sie. »Ist es nicht Ihr Freund?«

Der Kater, der vor dem Tintenfaß saß, merkte, daß er gemeint war, und sprang aufs Bett.

»Il êdre mâline gomme ein zinche. Er ist boshaft wie ein Affe,« fuhr er fort, auf das Bett deutend. »Ché lé nôme Mirr, pir clorivier nodre grand Hoffmann te Perlin, ke ché paugoube gonni. Ich nenne ihn Murr, zu Ehren unsres großen Hoffmann in Berlin, den ich gut gekannt habe.«

Der Biedermann unterschrieb mit der Harmlosigkeit eines Kindes, das dem Befehl seiner Mutter gehorcht, ohne sich etwas dabei zu denken, aber gewiß, etwas Gutes zu tun. Er beschäftigte sich weit mehr damit, den Kater der Gräfin vorzustellen, als die Schriftstücke zu prüfen, durch die er nach den Gesetzen über die Ausländer seine Freiheit zeitlebens verwirken konnte.

»Vis m'assurèze ke cesse bedis babières dimprés ... Sie versichern mir, daß diese kleinen Stempelpapiere ...«

»Haben Sie keinerlei Sorge,« sagte die Gräfin.

»Ché ne boind t'einkiétide, ich habe keinerlei Sorge,« wehrte er ab. »Che demande zi zes bedis babières dimprés veront blésir à montame ti Dilet? Ich frage nur, ob diese kleinen Stempelpapiere Frau du Tillet Freude machen werden?«

»O ja,« sagte sie. »Sie leisten ihr einen Dienst, als wären Sie ihr Vater ...«

»Ché souis ton bien hireux te lui êdre pon à keke chausse. Ich bin also sehr froh, daß ich ihr in etwas dienlich sein kann. Andantez te mon misik! Hören Sie etwas Musik von mir!« sagte er, indem er die Wechsel auf dem Tisch liegen ließ und an sein Klavier sprang.

Schon eilten die Finger dieses Engels über die alten Tasten, schon drang sein Blick durch die Dächer gen Himmel, schon erblühte das holdeste aller Lieder in der Luft und durchdrang die Seele. Aber nur so lange ließ die Gräfin diesen naiven Dolmetscher himmlischer Dinge dem Holz und den Saiten Töne entlocken, wie Raffaels Heilige Caecilie vor den ihr lauschenden Engeln, bis die Unterschrift trocken war. Dann schob sie die Wechselbriefe wieder in ihren Muff und rief ihren strahlenden Lehrer durch einen leichten Schlag auf die Schulter aus den ätherischen Räumen zurück, in denen er schwebte.

»Mein guter Schmuke!« sagte sie.

»Téchâ! Schon!« rief er mit schmerzlicher Unterwerfung aus. »Bourkoi êdes-vis tonc fennie? Warum sind Sie denn gekommen?«

Er murrte nicht. Er richtete sich wie ein treuer Hund auf, um der Gräfin zuzuhören.

»Mein guter Schmuke,« wiederholte sie, »es handelt sich um eine Sache, von der Leben und Tod abhängt. Die Minuten sparen Blut und Tränen.«

»Tuchurs la même, stets die Alte,« sagte er. »Hallèze, anche! zécher les plirs tes audres! Zachèsse ké leu baufre Schmuke gomde fodre viside pir plis ké fos randes! Gehen Sie, Engel, und trocknen Sie anderer Tränen! Glauben Sie mir; dem armen Schmuke gilt Ihr Besuch mehr als Ihre Rente!«

»Wir sehen uns wieder!« sagte sie. »Kommen Sie jeden Sonntag zu mir, um Musik zu treiben und bei mir zu essen, sonst bin ich Ihnen böse. Ich erwarte Sie nächsten Sonntag.«

»Frai? Wirklich?«

»Ich bitte Sie darum. Meine Schwester wird Ihnen sicher auch einen Tag angeben.«

»Ma ponhire zera tonc gomblète. Mein Glück wird also vollkommen sein,« sagte er, »gar che ne vis foyais gaux Champes-Hailyssées, gand vis y bassièze han foidire, pien raremente! Denn ich sah Sie nur bisweilen in den Champs Elysées, wenn Sie im Wagen fuhren, höchst selten!«

Diese Aussicht trocknete die Tränen, die ihm aus den Augen quollen, und er bot seiner schönen Schülerin den Arm. Sie fühlte das Herz des Greises heftig pochen.

»Sie dachten also an uns?« fragte sie ihn.

»Tuchurs en manchant mon bain. Stets, wenn ich mein Brot aß,« entgegnete er. »T'aport gomme hà mes pienfaidrices, et puis gomme au teusse bremières cheunes files tignes t'armur ké chaie fies! Zuerst an meine Wohltäterinnen und dann an die zwei ersten jungen Mädchen, die ich sah, die der Liebe würdig sind.«

Die Gräfin wagte nichts mehr zu sagen. In diesen Worten lag eine unsägliche, ehrerbietige, treue und religiöse Feierlichkeit. Dies verräucherte Stübchen voll alten Gerümpels war ein Tempel, in dem zwei Gottheiten wohnten. Das Gefühl wuchs darin mit jeder Stunde, denen unbewußt, die es einflößten.

»Dort,« sagte sie sich, »werden wir also geliebt, wirklich geliebt.«

Die innere Erregung, mit der der alte Schmuke die Gräfin ihren Wagen besteigen sah, hatte auch sie ergriffen. Sie warf ihm mit den Fingerspitzen eine jener zierlichen Kußhände zu, mit denen die Damen sich aus der Entfernung guten Tag zuwinken. Bei diesem Zeichen blieb Schmuke lange wie angewurzelt stehen, auch nachdem der Wagen verschwunden war. Kurz darauf fuhr die Gräfin in den Hof des Hauses Nucingen ein. Die Baronin war noch nicht aufgestanden; um aber eine Dame von Stand nicht warten zu lassen, warf sie einen Morgenrock und einen Schal um.

»Es handelt sich um ein gutes Werk, Frau Baronin,« sagte die Gräfin. »Geschwindigkeit ist in diesem Falle eine Gnade. Sonst hätte ich Sie nicht so früh gestört.«

»Wieso! Ich bin ja hoch erfreut,« versetzte die Bankiersgattin und nahm die vier Wechselbriefe und die Bürgschaft der Gräfin in Empfang. Dann schellte sie nach ihrer Kammerzofe.

»Therese, sagen Sie dem Kassierer, er soll mir persönlich sofort 40 000 Franken heraufbringen.«

Dann versiegelte sie das Schriftstück der Frau von Vandenesse und legte es in eine Geheimschublade ihres Tisches.

»Sie haben ein reizendes Zimmer,« versetzte die Gräfin.

»Mein Gatte will es mir fortnehmen; er läßt ein neues Haus bauen.«

»Dies Haus bekommt dann wohl Ihr Fräulein Tochter? Man spricht ja von ihrer Ehe mit Rastignac.«

Der Kassierer erschien, als Frau von Nucingen antworten wollte. Sie nahm die Banknoten und gab ihm die vier Wechselbriefe.

»Das gleicht sich aus,« sagte sie zu dem Kassierer. »Sauve l'esgomde, ohne den Diskont,« sagte der Kassierer. »Sti Schmuke, il êdre ein misicien te Ansbach. Sieh da, Schmuke, das ist ein Musiker aus Ansbach,« setzte er hinzu, als er die Unterschrift erkannte. Die Gräfin erblaßte.

»Mache ich denn Geschäfte?« fragte Frau von Nucingen und schalt den Kassierer mit einem hochmütigen Blick. »Das ist meine Sache.«

Umsonst schielte der Kassierer abwechselnd die Gräfin und die Baronin an; ihre Mienen blieben unbeweglich.

»Gehen Sie, lassen Sie uns,« sagte Frau von Nucingen. Und zu Frau von Vandenesse: »Seien Sie so freundlich, noch ein Weilchen zu bleiben, damit die Leute nicht denken, daß Sie an der Sache beteiligt sind.«

»Ich möchte Sie bitten,« fügte die Gräfin hinzu, »mir nach so vielen Gefälligkeiten auch noch die zu erweisen, das Geheimnis zu wahren.«

»Bei einem guten Werk ist das selbstverständlich,« antwortete die Baronin lächelnd. »Ich lasse Ihren Wagen ans Ende des Gartens schicken; er fährt ohne Sie ab. Wir gehen dann zusammen durch den Garten, niemand sieht Sie das Haus verlassen. So bleibt alles völlig unerklärlich.«

»Sie haben die Grazie einer Frau, die viel gelitten hat,« versetzte die Gräfin.

»Ich weiß nicht, ob ich Grazie besitze, aber viel gelitten habe ich,« sagte die Baronin. »Sie haben die Ihre hoffentlich billiger erworben.«

Die Baronin ließ sich Pelzpantoffeln und einen Pelz bringen und geleitete die Gräfin zu der kleinen Gartenpforte.

Wenn ein Mann einen Plan gesponnen hat, wie du Tillet gegen Nathan, so vertraut er ihn niemanden an. Nucingen wußte zwar darum, aber seine Frau stand diesen machiavellistischen Berechnungen völlig fern. Allerdings ließ sich die Baronin, die von Raouls Verlegenheit wußte, von den beiden Schwestern nicht irreführen. Sie hatte wohl erraten, in welche Hände dies Geld kommen sollte. Es war ihr aber sehr lieb, die Gräfin zu Dank zu verpflichten; zudem hatte sie tiefes Mitgefühl mit derartigen Verlegenheiten. Rastignac, der die Machenschaften der beiden Bankiers zu durchschauen vermochte, kam zum Frühstück zu Frau von Nucingen. Delphine und Rastignac hatten vor einander keine Geheimnisse; sie erzählte ihm den Vorfall mit der Gräfin. Rastignac konnte sich nicht vorstellen, daß die Baronin je in diese Sache hätte verwickelt sein können, die übrigens in seinen Augen nur eine Nebensache war, ein Mittel unter vielen andern. Er erklärte sie ihr also. Delphine hatte vielleicht du Tillets Wahlaussichten zerstört, die Irreführungen und Opfer eines ganzen Jahres vereitelt. Rastignac weihte die Baronin also ein und empfahl ihr, den begangenen Fehler geheim zu halten.

»Vorausgesetzt,« sagte sie, »daß der Kassierer meinem Gatten nichts sagt.«

Kurz vor Mittag, als du Tillet frühstückte, wurde Gigonnet gemeldet.

»Er soll hereinkommen,« entschied der Bankier, obwohl seine Frau bei Tische saß. »Na, alter Shylock, ist unser Mann eingesperrt?«

»Nein.«

»Wieso? sagte ich Ihnen nicht: Rue du Mail, Hotel ...«

»Er hat bezahlt,« versetzte Gigonnet und zog vier Banknoten aus seiner Tasche.

Du Tillet machte eine verzweifelte Miene.

»Man soll die Taler nie unfreundlich empfangen,« sagte du Tillets Helfershelfer kaltblütig. »Das kann Unglück bringen.«

»Wo haben Sie das Geld her, Madame?« fragte der Bankier und warf seiner Frau einen Blick zu, bei dem sie bis in die Haarwurzeln errötete.

»Ich weiß nicht, was Sie damit sagen wollen,« entgegnete sie.

»Ich werde schon hinter dies Geheimnis kommen,« antwortete er und stand wütend auf. »Sie haben meine schönsten Pläne umgeworfen«

»Sie werden Ihr Frühstück umwerfen,« sagte Gigonnet und hielt das Tischtuch fest, das sich in den Zipfel von du Tillets Schlafrock verwickelt hatte.

Frau du Tillet stand kalt auf, um hinauszugehen; dies Wort hatte ihr Schrecken eingejagt. Sie klingelte. Ein Kammerdiener erschien.

»Meinen Wagen,« sagte sie zu ihm. »Rufen Sie Virginie, ich will mich ankleiden.«

»Wohin fahren Sie?« fragte du Tillet.

»Ein wohlerzogener Gatte fragt seine Frau nicht,« antwortete sie, »und Sie beanspruchen doch, sich als Gentleman zu benehmen.«

»Ich erkenne Sie seit den zwei Tagen nicht wieder, wo Sie Ihre unverschämte Schwester zweimal gesehen haben.«

»Sie haben mich gelehrt, unverschämt zu sein,« sagte sie. »Ich folge Ihrem Rat.«

»Ihr Diener, gnädige Frau,« sagte Gigonnet, den diese eheliche Szene wenig reizte.

Du Tillet blickte seine Frau starr an. Sie blickte ihn ebenso an, ohne die Augen niederzuschlagen.

»Was bedeutet das?« fragte er.

»Daß ich kein kleines Kind mehr bin, dem Sie Angst machen können!« erwiderte sie. »Ich bin gegen Sie eine treue und gute Frau und werde es zeitlebens sein. Sie können mein Herr sein, wenn Sie wollen, aber ein Tyrann – nein!«

Du Tillet ging. Nach dieser Kraftanstrengung kehrte Marie Eugenie niedergeschlagen in ihr Zimmer zurück.

»Ohne die Gefahr, in der meine Schwester schwebt,« sagte sie sich, »hätte ich ihm nie zu trotzen gewagt. Aber wie das Sprichwort sagt: Jedes Unglück hat auch sein Gutes.«

In der Nacht überdachte Frau du Tillet noch einmal die Anvertrauungen ihrer Schwester. Da sie Raoul gerettet wußte, stand ihr Geist nicht mehr unter dem Druck dieser drohenden Gefahr. Sie erinnerte sich an die furchtbare Entschlossenheit der Gräfin, als sie sagte, sie wollte mit Nathan fliehen, um ihn über sein Unglück zu trösten, wenn sie es nicht verhindern könnte. Sie begriff, daß dieser Mann ihre Schwester durch ein Übermaß von Dankbarkeit und Liebe bestimmen konnte, etwas zu tun, was die verständige Eugenie für eine Wahnsinnstat hielt. In den höchsten Gesellschaftskreisen waren solche Entführungen neuerdings mehrfach vorgekommen, und der Lohn für ihre ungewissen Freuden bestand in Reue, in der Mißachtung, die jede schiefe gesellschaftliche Stellung mit sich bringt. Eugenie gedachte dieser schrecklichen Folgen. Du Tillets Wort hatte ihren Schrecken bis zum äußersten gesteigert. Sie fürchtete, daß alles herauskäme, sah die Unterschrift der Gräfin von Vandenesse in der Brieftasche des Hauses Nucingen, wollte ihre Schwester anflehen, ihrem Gatten alles zu beichten.

Frau du Tillet traf die Gräfin nicht zu Hause. Nur Felix war da. Eine innere Stimme rief ihr zu, ihre Schwester zu retten. Vielleicht war es morgen zu spät. Sie nahm viel auf sich, aber sie entschloß sich, dem Grafen alles zu sagen. Würde er keine Nachsicht üben, da seine Ehre noch unangetastet war? Die Gräfin hatte sich doch nur verirrt, sie war nicht verdorben. Eugenie fürchtete zwar, feige und verräterisch zu sein, indem sie diese Geheimnisse preisgab, die von der gesamten Gesellschaft mit seltner Einmütigkeit gehütet werden. Aber schließlich dachte sie an die Zukunft ihrer Schwester. Sie zitterte, sie eines Tages verlassen zu sehen, von Nathan zugrunde gerichtet, arm, leidend, unglücklich, verzweifelt. Da zauderte sie nicht länger und bat den Grafen, sie zu empfangen. Felix war über ihren Besuch erstaunt. Er hatte mit seiner Schwägerin eine lange Unterredung, in der er so ruhig, so voller Selbstbeherrschung blieb, daß sie zitterte, er möchte einen furchtbaren Entschluß fassen.

»Beunruhigen Sie sich nicht,« sagte Vandenesse zu ihr. »Ich werde mich so benehmen, daß die Gräfin Sie noch einmal segnen wird. So sehr es Ihnen widerstreben mag, ihr gegenüber zu schweigen, nachdem Sie mich aufgeklärt haben, geben Sie mir ein paar Tage Zeit. Ich brauche ein paar Tage, um hinter Geheimnisse zu kommen, die Sie nicht bemerken, und vor allem, um mit Umsicht zu handeln. Vielleicht erfahre ich alles auf einmal! Schuldig bin ich allein, Schwägerin. Alle Verliebten spielen ihr Spiel, aber nicht alle Frauen haben das Glück, das Leben so zu sehen, wie es ist.«

Frau du Tillet verließ ihn beruhigt. Felix von Vandenesse hob sofort 40 000 Franken bei der Bank von Frankreich ab und fuhr zu Frau von Nucingen. Er traf sie, dankte ihr für das Vertrauen, das sie seiner Frau bewiesen hatte, und gab ihr das Geld zurück. Der Graf erklärte diese geheimnisvolle Anleihe mit den Torheiten eines Wohltätigkeitsdranges, dem er Schranken setzen wollte.

»Geben Sie mir keine Erklärungen, Herr Graf,« sagte die Baronin von Nucingen, »denn Ihre Gattin hat Ihnen ja alles gestanden.«

»Sie weiß alles,« sagte sich Vandenesse.

Die Baronin gab ihm die Bürgschaft zurück und ließ die vier Wechselbriefe holen. Währenddessen schaute Vandenesse die Baronin mit dem feinen Blick des Staatsmannes an, der sie fast beunruhigte. Ihm schien die Stunde für Verhandlungen günstig. »Wir leben in einer Zeit, Frau Baronin, wo nichts sicher ist,« begann er. »Die Throne erheben sich und verschwinden in Frankreich mit erschreckender Schnelligkeit. Fünfzehn Jahre genügen für ein großes Kaiserreich, eine Monarchie und eine Revolution. Niemand könnte es wagen, für die Zukunft zu bürgen. Sie wissen, ich bin Legitimist. Diese Worte haben in meinem Munde nichts Sonderbares. Nehmen Sie eine Katastrophe an: wären Sie nicht froh, einen Freund in der siegreichen Partei zu haben?«

»Gewiß,« lächelte sie.

»Nun wohl, wollen Sie in mir einen Mann haben, der Ihnen insgeheim verpflichtet ist und der Ihrem Gemahl unter Umständen zu dem verhilft, wonach er strebt, zum Pair von Frankreich?«

»Was wollen Sie von mir?« rief sie aus.

»Wenig,« antwortete er. »Alles, was Sie über Nathan wissen.«

Die Baronin wiederholte ihm, was sie am Morgen mit Rastignac gesprochen hatte. Als sie dem früheren Pair von Frankreich die vier Wechselbriefe zurückgab, die der Kassierer ihr gebracht hatte, sagte sie:

»Vergessen Sie Ihre Zusage nicht.«

Vandenesse vergaß diese blendende Zusage so wenig, daß er sie auch vor dem Baron von Rastignac leuchten ließ, um ein paar andre Auskünfte zu erhalten.

Als er ihn verließ, diktierte er einem Straßenschreiber einen Brief an Florine.

>»Wenn Fräulein Florine die erste Rolle wissen will, die sie spielen wird, so wird sie gebeten, zum nächsten Opernball zu kommen und Herrn Nathan mitzubringen.«

Als er den Brief zur Post gegeben hatte, ging er zu seinem Agenten, einem geriebenen und gewandten, aber ehrlichen Burschen. Ihn bat er, die Rolle eines Freundes zu spielen, dem Schmuke den Besuch der Frau von Vandenesse anvertraut hatte, weil er sich nachträglich über die Bedeutung der viermal geschriebenen Worte *Akzept für 10 000 Franken* Sorgen gemacht hätte. Er sollte Herrn Nathan um einen Wechselbrief von 40 000 Franken als Gegenwert bitten. Das hieß ein hohes Spiel spielen. Nathan konnte schon erfahren haben, wie die Dinge verlaufen waren, aber hier galt es, etwas zu wagen, um viel zu gewinnen. Marie konnte in ihrer Verwirrung wohl vergessen haben, ihren Raoul um einen Gegenwert für Schmuke zu bitten. Der Geschäftsmann ging sofort zur Zeitung und kehrte um 5 Uhr triumphierend mit einem Gegenwert von 40 000 Franken zurück. Schon bei den ersten Worten, die er mit Nathan wechselte, hatte er sich als Abgesandter der Gräfin hinstellen können.

Dieser Erfolg zwang Felix, seine Frau daran zu hindern, Raoul bis zu dem Opernball zu sehen. Er wollte selbst mit ihr hingehen und ihr Gelegenheit geben, sich aus eigener Anschauung ein Bild von Raouls Beziehungen zu Florine zu machen. Kannte er doch den eifersüchtigen Stolz der Gräfin. Sie selbst sollte auf ihre Liebe verzichten und nicht vor seinen Augen zu erröten brauchen. Auch wollte er ihr zur gegebenen Zeit ihre Briefe an Nathan zeigen, die er Florine abzukaufen hoffte. Dieser klug angelegte, rasch entworfene und teils schon ausgeführte Plan konnte durch ein Spiel des Zufalls scheitern, der auf Erden alles vereitelt.

Nach der Hauptmahlzeit brachte Felix das Gespräch auf den Opernball und bemerkte, daß Marie ihn noch nie besucht hatte. Er schlug ihr also diese Zerstreuung für den nächsten Tag vor.

»Ich werde dir jemand zum Necken geben,« sagte er.

»Oh, das wird mir viel Spaß machen.«

»Damit der Scherz recht gut wird, muß eine Frau sich eine schöne Beute auswählen, eine Berühmtheit, einen geistreichen Mann, und ihn zum Teufel schicken. Soll ich dir Nathan ausliefern? Ich erfahre durch einen, der Florine kennt, Geheimnisse, die ihn rasend machen werden.«

»Florine?« fragte die Gräfin. »Die Schauspielerin?«

Marie hatte den Namen schon von Quillet gehört, dem Bureaudiener der Zeitung; er durchfuhr ihre Seele wie ein Blitz.

»Nun ja, seine Geliebte,« antwortete der Graf.

»Ist das so wunderbar?«

»Ich dachte, Herr Nathan wäre viel zu beschäftigt, um eine Geliebte zuhaben. Haben die Schriftsteller überhaupt Zeit zum Lieben?«

»Ich sage nicht, daß sie lieben, Verehrteste. Aber sie müssen doch irgendwo *wohnen*, wie jeder Sterbliche, und wenn sie keine eigene Häuslichkeit haben, wenn sie von Gerichtsbeamten verfolgt werden, *wohnen* sie bei ihren Geliebten. Das mag dir locker erscheinen, ist aber ungleich angenehmer, als im Gefängnis zu wohnen.«

Das Feuer war nicht so heiß, wie die Wangen der Gräfin.

»Willst du ihn zum Opfer haben? Du wirst ihm einen Schrecken einjagen,« fuhr der Graf fort, ohne auf den Ausdruck seiner Gattin zu achten. »Ich werde dich in den Stand setzen, ihm zu beweisen, daß dein Schwager du Tillet ihn wie ein Kind an der Nase herumführt. Der Elende will ihn ins Gefängnis bringen, um ihn in dem Wahlkreise unmöglich zu machen, in dem Nucingen aufgestellt ist. Ich weiß durch einen Freund von Florine, was der Verkauf ihrer Einrichtung eingebracht hat. Dies Geld hat sie ihm zur Gründung seiner Zeitung gegeben. Ich weiß auch, was sie ihm von den Summen geschickt hat, die sie dies Jahr auf ihren Gastspielreisen in der Provinz und in Belgien eingeheimst hat. Dies Geld kommt letzten Endes du Tillet, Nucingen und Massol zugute. Alle drei haben die Zeitung im voraus dem Ministerium verkauft, so sicher sind sie, diesen großen Mann hinauszudrängen.«

»Herr Nathan ist unfähig, von einer Schauspielerin Geld anzunehmen.«

»Du kennst diese Art Leute nicht, Liebste,« sagte der Graf. »Er wird dir die Tatsache nicht abstreiten.«

»Ich werde bestimmt auf den Ball gehen.«

»Du wirst dich amüsieren,« fuhr Vandenesse fort.

»Mit solchen Waffen wirst du Nathans Eigenliebe einen harten Schlag versetzen und ihm einen Dienst erweisen. Du wirst sehen, wie er in Wut gerät, sich beruhigt, unter deinen spitzen Bemerkungen hochfährt! Ganz im Scherze wirst du einen geistreichen Mann über die Gefahr aufklären, in der er schwebt, und du wirst die Freude haben, die Pferde der goldnen Mittelstraße in ihrem Stall toben zu lassen ... Du hörst mir nicht mehr zu, liebes Kind.«

»Im Gegenteil, ich höre dir zu sehr zu,« entgegnete sie. »Ich werde dir später sagen, warum mir daran liegt, Gewißheit über das alles zu erlangen.«

»Gewißheit?« wiederholte Vandenesse. »Bleib maskiert. Ich werde es so einrichten, daß du mit Nathan und Florine soupierst. Es wird für eine Frau deines Ranges recht spaßhaft sein, eine Schauspielerin zu ängstigen, nachdem du den Geist eines berühmten Mannes um so wichtige Geheimnisse herumgehetzt hast. Du spannst beide an die gleiche Mystifikation an. Ich werde mich auf die Spur von Nathans Untreue begeben. Kann ich Einzelheiten über ein Abenteuer neuen Datums erfahren, so wirst du den Zorn einer Kurtisane genießen, eine prächtige Sache! Florines Zorn wird wie ein Gießbach in den Alpen sein. Sie betet Nathan an; er ist ihr ein und alles. Sie hängt an ihm, wie das Fleisch an den Knochen, die Löwin an ihren Jungen. Ich entsinne mich aus meiner Jugend einer berühmten Schauspielerin, die wie eine Köchin schrieb und von einem meiner Freunde ihre Briefe zurückverlangte. Seitdem habe ich einen solchen Auftritt nicht mehr erlebt, solche stille Wut, solche unverschämte Majestät, solch indianerhaftes Benehmen. Ist dir nicht wohl, Marie?«

»Nein, das Feuer ist zu stark.«

Die Gräfin warf sich auf ein Sofa. Plötzlich wurde sie von einer jener Regungen ergriffen, die sich unmöglich voraussehen lassen, einer Folge des verzehrenden Schmerzes der Eifersucht. Sie richtete sich auf ihren zitternden Beinen empor, verschränkte die Arme und schritt langsam auf ihren Gatten zu.

»Was weißt du?« fragte sie ihn. »Du bist nicht der Mann, mich zu quälen. Du brächtest mich um, ohne mich leiden zu lassen, falls ich schuldig wäre.«

»Was soll ich denn wissen, Marie?«

»Nun, Nathan?«

»Du glaubst ihn zu lieben,« entgegnete er. »Aber du liebst ein Hirngespinst, das aus Phrasen besteht.«

»Du weißt also ...?«

»Alles,« sagte er.

Dies Wort fiel wie ein Keulenschlag auf Maries Haupt.

»Wenn du willst,« fuhr er fort, »will ich nie etwas wissen. Du bist in einen Abgrund geraten, mein Kind. Ich muß dich herausziehen. Ich habe bereits daran gedacht.«

Er zog die Bürgschaft und die vier Wechselbriefe von Schmuke aus der Tasche. Die Gräfin erkannte sie. Er warf sie ins Feuer.

»Was wäre aus dir in drei Monaten geworden, arme Marie? Du wärest von den Gerichtsdienern vor die Schranken gezerrt worden.

Blicke nicht nieder, demütige dich nicht. Du warst ein Opfer der schönsten Gefühle. Du hast mit der Poesie geliebäugelt, nicht mit einem Manne. Alle Frauen, alle, verstehst du, Marie, wären an deiner Stelle verführt worden. Wir Männer, die wir in zwanzig Jahren tausend Torheiten begangen haben, wären recht töricht, zu verlangen, daß ihr kein einziges Mal in eurem Leben unvernünftig seid! Gott behüte mich, über dich zu triumphieren, oder dich mit einem Mitleid zu demütigen, das du neulich so heftig zurückwiesest. Vielleicht meinte der Unglücksmann es ehrlich, als er dir schrieb, ehrlich, als er Selbstmord beging, ehrlich, als er am selben Abend zu Florine zurückkehrte. Wir sind weniger wert als ihr. Ich rede hier nicht für mich; sondern für dich. Ich bin nachsichtig, aber die Gesellschaft ist es nicht, sie meidet eine Frau, die Aufsehen erregt hat. Sie will nicht, daß sich vollkommenes Glück mit Achtung paart. Ob das recht ist, weiß ich nicht. Die Welt ist grausam, das ist alles. Vielleicht ist sie im ganzen neidischer, als im einzelnen. Ein Dieb, der im Theater sitzt, klatscht beim Siege der Unschuld Beifall und nimmt ihr beim Hinausgehen ihre Schmucksachen ab. Die Gesellschaft weigert sich, die Übel zu lindern, die sie selbst erzeugt. Sie erweist dem geschickten Betrüger alle Ehren und hat keinen Lohn für die unbekannte Hingebung. Ich kenne und sehe das alles. Aber ich kann die Welt nicht verbessern. Zum mindesten aber steht es in meiner Macht, dich vor dir selbst zu schützen. Es handelt sich hier um einen Mann, der dir nichts als Unglück bringt, nicht um jene heilige, weihevolle Liebe, die uns bisweilen Entsagung gebietet und ihre Entschuldigung in sich trägt. Vielleicht war es unrecht von mir, dein Glück nicht abwechslungsreicher zu gestalten und den stillen Freuden keine unruhigen Vergnügungen, Reisen und Zerstreuungen entgegenzusetzen. Ich kann mir übrigens sehr wohl erklären, was dich einem berühmten Manne entgegengetrieben hat. Es war der Neid, den du bei einigen Damen erregtest. Lady Dudley, Frau von Espard, Frau von Manerville und meine Schwägerin Emilie sind mitschuldig daran. Die Damen, vor denen ich dich gewarnt hatte, haben deine Neugier bestärkt, mehr, um mir Kummer zu machen, als um dich in die Stürme hineinzustoßen, die hoffentlich über dich hingebraust sind, ohne dich zu berühren.«

Bei diesen gütigen Worten wurde die Gräfin von tausend widersprechenden Empfindungen ergriffen. Aber den Sturm überglänzte eine lebhafte Bewunderung für Felix. Edle und stolze Seelen erkennen sofort das Zartgefühl, mit dem man sie behandelt. Dieser Takt ist für die Seelen das gleiche, wie die Anmut für den Leib. Marie würdigte diese Hochherzigkeit, die sich bemühte, sich vor einer strauchelnden Frau zu demütigen, um ihr das Erröten zu ersparen. Sie lief wie wahnsinnig fort und kehrte wieder um, in dem Gedanken, dies Benehmen könnte ihren Gatten besorgt machen. »Warte einen Augenblick,« sagte sie und verschwand.

Felix hatte ihr die Entschuldigung leicht gemacht. Er wurde für seine Geschicklichkeit prompt belohnt, denn seine Frau kam mit allen Briefen Nathans zurück und händigte sie ihm aus.

»Richte mich,« sagte sie und warf sich ihm zu Füßen.

»Kann man richten, wenn man liebt?« antwortete er.

Er nahm die Briefe und warf sie ins Feuer. Denn später hätte seine Frau es ihm vielleicht nicht verziehen, sie gelesen zu haben. Maries Kopf lag auf den Knien des Grafen; sie zerfloß in Tränen.

»Mein Kind, wo sind *deine* Briefe?« fragte er, ihren Kopf aufrichtend.

Bei dieser Frage fühlte die Gräfin nicht mehr die unerträgliche Glut auf den Wangen. Sie fröstelte.

»Damit du deinen Mann nicht im Verdacht hast, den Mann zu verleumden, den du deiner für würdig hieltest, soll dir Florine deine Briefe selbst zurückgeben.«

»Oh, warum soll er sie nicht auf meine Bitte zurückgeben?«

»Und wenn er sich weigerte?«

Die Gräfin senkte das Haupt.

»Die Welt ist mir zuwider,« sagte sie. »Ich gehe nicht mehr aus. Ich will allein mit dir leben, wenn du mir verzeihst.«

»Da könntest du dich vielleicht langweilen. Zudem, was würde die Welt sagen, wenn du sie plötzlich verließest? Im Frühjahr werden wir reisen, nach Italien gehen, Europa durchstreifen, bis du mehr als ein Kind zu erziehen hast. Wir können nicht umhin, morgen auf den Opernball zu gehen, denn auf andre Weise kommen wir nicht zu deinen Briefen, ohne uns bloßzustellen. Und wenn Florine sie dir bringt, gesteht sie damit nicht ihre Macht ein?«

»Und ich soll das mit ansehen?« fragte die Gräfin entsetzt.

»Übermorgen früh.«

Am nächsten Tage um Mitternacht auf dem Opernball ging Nathan im Foyer spazieren und führte eine sehr ehelich aussehende Maske am Arm. Als er zwei- bis dreimal die Runde gemacht hatte, wurde er von zwei maskierten Damen angeredet.

»Armer Narr, du richtest dich zugrunde. Marie ist hier und sieht dich,« sagte Vandenesse, als Frau verkleidet, zu ihm.

»Wenn du mich anhören willst, so verrate ich dir Geheimnisse, die Nathan dir verborgen hat, und du wirst erkennen, welche Gefahren deiner Liebe zu ihm drohen,« sagte die Gräfin zitternd zu Florine.

Nathan hatte Florines Arm jählings losgelassen und folgte dem Grafen, der in der Menge vor seinen Blicken verschwand. Florine setzte sich neben die Gräfin, die sie auf eine Bank neben Vandenesse zog. Dieser war zu ihr zurückgekehrt, um sie zu beschützen.

»Nun heraus mit der Sprache, meine Liebe,« sagte Florine, »und glaube nicht, daß du mich lange zum besten hältst. Niemand auf der Welt kann mir Raoul entreißen. Er ist mein aus Gewohnheit, das ist soviel wert wie die Liebe.«

»Zunächst – bist du Florine?« fragte Felix mit unverstellter Stimme.

»Schöne Frage! Wenn du's nicht weißt, wie soll ich dir da glauben, Hanswurst?«

»Geh und frage Nathan, der eben die Liebste sucht, von der ich rede, wo er vor drei Tagen genächtigt hat! Er hat sich mit Kohlengas erstickt, Kleine, ohne daß du es wußtest, weil er kein Geld hatte. So gut Bescheid weißt du über die Geschäfte eines Mannes, den du angeblich liebst. Du läßt ihn ohne einen Groschen und er bringt sich um. Oder vielmehr, er bringt sich nicht um, er verfehlt sich. Ein verfehlter Selbstmord ist ebenso lächerlich wie ein Zweikampf ohne Schramme.«

»Du lügst,« sagte Florine. »Er hat an dem Tage bei mir gegessen, und zwar nach Sonnenuntergang. Der arme Kerl wurde verfolgt. Er hat sich versteckt, das ist alles.«

»Geh doch nach der Rue du Mail, ins Hotel du Mail, und frage, ob er nicht sterbend von einer schönen Dame hingebracht wurde, mit der er seit Jahr und Tag verkehrt. Und die Briefe deiner Nebenbuhlerin sind vor deiner Nase in deinem Hause versteckt. Willst du Nathan einen Denkzettel geben, so wollen wir alle drei zu dir gehen. Da werde ich dir den Beweis erbringen, daß du ihn daran hindern kannst, binnen kurzem nach der Rue de Clichy zu wandern, wenn du ein braves Mädchen sein willst.«

»Suche andern das weiszumachen, mein Kleiner,« sagte Florine. »Ich bin sicher, Nathan kann in niemand verliebt sein.«

»Du möchtest mir vorreden, er hätte seine Aufmerksamkeit für dich seit einiger Zeit verdoppelt, aber das beweist doch gerade, daß er sterblich verliebt ist ...«

»Er, in eine vornehme Dame? ...« sagte Florine.

»Wegen so was rege ich mich nicht auf.«

»Nun schön. Willst du von ihm selbst hören, daß er dich heute nacht nicht nach Hause begleitet?«

»Wenn er mir das sagt,« antwortete Florine, »so will ich mit dir nach meiner Wohnung gehen, und wir werden die Briefe suchen, an die ich erst glaube, wenn ich sie sehe.«

»Bleib da,« sagte Felix, »und paß auf!«

Er nahm seine Frau beim Arme und stellte sich zwei Schritte von Florine auf. Nathan, der im Foyer hin und her lief und seine Maske überall suchte, wie ein Hund seinen Herrn, kehrte bald an die Stelle zurück, wo er die Anvertrauung erhalten hatte. Als sie auf seiner Stirn eine leicht erkennbare Besorgnis las, stellte sie sich wie ein Prellstein vor den Schriftsteller und sagte gebieterisch:

»Ich will nicht, daß du mich verläßt. Ich habe meine Gründe dafür.«

»Marie!«... flüsterte die Gräfin ihm auf den Rat ihres Gatten ins Ohr. »Wer ist diese Frau? Verlaß sie auf der Stelle, geh hinaus und erwarte mich am Fuß der Treppe.«

In dieser furchtbaren Verlegenheit stieß Raoul Florines Arm heftig zurück. Sie war auf dies Manöver nicht gefaßt und hielt ihn umsonst mit Gewalt fest. Sie mußte ihn loslassen. Nathan war sofort in der Menge verschwunden.

»Was hab' ich dir gesagt?« rief Felix der verblüfften Florine ins Ohr und gab ihr den Arm.

»Komm,« sagte sie, »wer du auch seist, komm. Hast du einen Wagen?«

Statt jeder Antwort riß Vandenesse Florine mit sich fort und holte seine Frau an einer verabredeten Stelle in der Vorhalle ein. Der Wagen fuhr im Galopp davon, und nach wenigen Minuten langten die drei Masken bei der Schauspielerin an. Sie legte ihre Maske ab. Frau von Vandenesse konnte ein Zittern der Überraschung nicht unterdrücken, als sie Florine so sah, vor Wut erstickend, prachtvoll in ihrem Zorn und in ihrer Eifersucht.

»Hier ist«, sagte Vandenesse, »eine gewisse Mappe, deren Schlüssel dir nie anvertraut wurde. Darin müssen die Briefe sein.«

»Donnerwetter, das intrigiert mich! Du weißt etwas, was mich seit mehreren Tagen beunruhigt,« sagte Florine und stürzte in das Arbeitszimmer, um die Mappe zu holen.

Vandenesse sah seine Frau unter ihrer Maske erbleichen. Florines Schlafzimmer sagte das Weitere über die Beziehungen der Schauspielerin zu Nathan. Es war mehr, als eine ideale Geliebte hätte wissen mögen. Ein Frauenauge erfaßt die Wahrheit solcher Dinge im Fluge, und die Gräfin erkannte in dem gemeinsamen Haushalte einen Beweis mehr für das, was Vandenesse ihr gesagt hatte.

Florine kam mit der Mappe zurück.

»Wie soll man sie öffnen?« fragte sie.

Die Schauspielerin ließ sich das große Küchenmesser bringen, und als die Kammerzofe es brachte, schwenkte Florine es mit spöttischer Miene.

»Damit schlachtet man die *Hühner*,« sagte sie. Dies Wort ließ die Gräfin erbeben. Es erklärte ihr noch besser als alles, was ihr Gatte ihr gestern gesagt hatte, in welchen Abgrund sie fast gestürzt, wäre.

»Bin ich dumm,« rief Florine. »Mit seinem Rasiermesser geht's besser.«

Sie holte Nathans Rasiermesser und schlitzte die Falten des Maroquinleders auf. Aus der offenen Mappe quollen Maries Briefe hervor. Florine griff einen heraus.

»Ja, das ist wirklich von einer feinen Dame. Nicht ein Schreibfehler scheint drin zu sein.«

Vandenesse nahm die Briefe und gab sie seiner Frau, die auf einem Tisch feststellte, ob keiner fehlte.

»Willst du sie hierfür hergeben?« fragte Vandenesse und reichte Florine den Wechsel auf 40 000 Franken.

»Wie dumm, solche Scheine auszustellen!... Gut für Liebesbriefe,« sagte Florine, den Wechselbrief lesend. »Ha, das werd' ich dir anstreichen! Gräfinnen! Und ich machte mich derweil in der Provinz geistig und körperlich kaputt, um Geld für ihn aufzutreiben. Ich hätte mich wie ein Wechselagent abgequält, um ihn zu retten! So sind die Männer. Wenn man sich für sie kaputt macht, trampeln sie auf einem herum! Er soll es mir büßen.«

Frau von Vandenesse halte sich mit den Briefen entfernt.

»He! Sag mal, schöne Maske! Laß mir einen, um ihn zu überführen.«

»Das ist nicht mehr möglich,« sagte Vandenesse.

»Warum nicht?«

»Die Maske ist deine frühere Nebenbuhlerin.«

»So. Dann konnte sie mir wenigstens Danke sagen!« schrie Florine.

»Wofür nimmst du denn die 40 000 Franken?« fragte Vandenesse und empfahl sich.

Es kommt äußerst selten vor, daß junge Leute, die einen Selbstmord versucht haben, ihn nochmals wiederholen, wenn sie die

Schmerzen kennengelernt haben. Heilt der Selbstmord nicht vom Leben, so heilt er vom freiwilligen Tode. Auch Raoul hatte keine Lust mehr, sich umzubringen, als er sich in einer noch furchtbareren Lage sah, als die, aus der er sich hatte befreien wollen. Fand er doch seinen Wechselbrief an Schmuke in Florines Händen, die ihn offenbar vom Grafen Vandenesse hatte. Er versuchte die Gräfin noch einmal zu sehen, um ihr die Art seiner Liebe zu erklären, die in seinem Herzen stärker denn je lohte. Aber das erstemal, als die Gräfin ihn in Gesellschaft sah, warf sie ihm jenen starren, verächtlichen Blick zu, der zwischen Mann und Frau Abgründe aufreißt. Trotz seiner Selbstgewißheit wagte Nathan während der letzten Winterzeit nie mehr, mit der Gräfin zu sprechen noch an sie heranzutreten.

Nur Blondet schüttete er sein Herz aus. Er sprach von Frau von Vandenesse wie von Laura und Beatrix und erging sich über jene schöne Stelle aus der Feder eines der hervorragendsten zeitgenössischen Dichter: »Ideal, blaue Blume mit dem goldnen Herzen, deren Wurzelfasern, tausendfach feiner als das Seidengespinst der Feen, tief in unsre Seele tauchen und ihren reinsten Stoff trinken. Bittersüße Blume! Du läßt dich nicht ausreißen, ohne daß das Herz blutet, ohne daß rote Tropfen von deinem geknickten Stengel tropfen! Ach, verfluchte Blume, wie tief wurzelst du in meiner Seele!«

»Du faselst, mein Lieber,« sagte Blondet zu ihm. »Ich gebe dir zu, daß die Blume hübsch war, aber nicht ideal. Und statt wie ein Blinder vor einer leeren Nische zu singen, solltest du daran denken, dir die Hände zu waschen, um deinen Frieden mit der Regierung zu schließen und in geordnete Verhältnisse zu kommen. Du bist zu sehr Künstler, um Politiker zu sein. Mit dir haben Leute gespielt, die nicht an dich heranreichten. Denke daran, daß du weiter gespielt wirst, aber anderswo.«

»Marie kann mich nicht hindern, sie zu lieben,« sagte Nathan. »Ich will sie zu meiner Beatrix machen.«

»Mein Lieber, Beatrix war ein kleines Mädchen von zwölf Jahren, das Dante später nicht mehr gesehen hat. Wäre sie sonst Beatrix geworden? Um eine Frau zur Göttin zu erheben, dürfen wir sie nicht heute in einer Mantille, morgen im ausgeschnittenen Kleid und übermorgen auf dem Boulevard sehen, wo sie Spielsachen für ihren Jüngsten kauft. Wenn man Florine hat, die abwechselnd Komödienherzogin, Bürgerfrau im Drama, Negerweib, Marquise, Oberst, Schweizer Bäuerin und Sonnenjungfrau in Peru ist – ihre einzige Art, Jungfrau zu sein – so verstehe ich nicht, wie man sich mit vornehmen Damen einlassen kann.«

Du Tillet ließ, um den Börsenausdruck zu gebrauchen, Nathan ausschließen, und da dieser kein Geld hatte, trat er seinen Anteil an der Zeitung ab. Der berühmte Mann erhielt in dem Wahlkreis nicht mehr als fünf Stimmen, und der Bankier wurde gewählt.

Als die Gräfin von Vandenesse im folgenden Winter von einer langen schönen Reise nach Italien heimkehrte, hatte Nathan alles wahrgemacht, was Felix vorausgesehen hatte. Auf Blondets Rat hin verhandelte er mit der Regierung. Die persönlichen Angelegenheiten des Schriftstellers waren in derartiger Unordnung, daß Gräfin Marie ihren alten Anbeter eines Tages in den Champs Elysées zu Fuß im traurigsten Aufzuge sah; Florine hing an seinem Arm. Ist schon ein gleichgültiger Mann in den Augen einer Dame ziemlich häßlich, so erscheint ein nicht mehr geliebter vollends abstoßend, zumal wenn er Nathan ähnelt. Frau von Vandenesse schämte sich bei dem Gedanken, daß sie sich für Raoul interessiert hatte. Wäre sie nicht ohnedies von jeder außerehelichen Neigung geheilt gewesen, so hätte der Kontrast zwischen dem Grafen und jenem Manne, der schon in der öffentlichen Gunst gesunken war, hingereicht, um ihrem Gatten den Vorzug vor einem Engel zu geben.

Heute hat dieser Streber, der so reich an Tinte und so arm an Willen ist, kapituliert und sich wie ein Durchschnittsmensch ein bequemes Pöstchen verschafft. Nachdem er alle zerstörenden Tendenzen unterstützt hat, lebt er friedlich im Schatten eines ministeriellen Blättchens. Das Kreuz der Ehrenlegion, über das er so oft hergezogen ist, ziert sein Knopfloch. Der Friede um jeden Preis, den er in der Redaktion seines revolutionären, Blattes aufs Korn genommen halte, ist jetzt der Gegenstand seiner Lobeshymnen. Das Erbrecht, das er in seinen Saint-Simonistischen Phrasen so angegriffen hatte, verteidigt er jetzt mit der Autorität der Vernunft. Dies unlogische Benehmen hat seinen Grund und Ursprung in dem Frontwechsel einiger Leute, die während der letzten politischen Entwicklung so gehandelt haben wie Raoul.

Über tredition

Eigenes Buch veröffentlichen

tredition wurde 2006 in Hamburg gegründet und hat seither mehrere tausend Buchtitel veröffentlicht. Autoren veröffentlichen in wenigen leichten Schritten gedruckte Bücher, e-Books und audio-Books. tredition hat das Ziel, die beste und fairste Veröffentlichungsmöglichkeit für Autoren zu bieten.

tredition wurde mit der Erkenntnis gegründet, dass nur etwa jedes 200. bei Verlagen eingereichte Manuskript veröffentlicht wird. Dabei hat jedes Buch seinen Markt, also seine Leser. tredition sorgt dafür, dass für jedes Buch die Leserschaft auch erreicht wird.

Im einzigartigen Literatur-Netzwerk von tredition bieten zahlreiche Literatur-Partner (das sind Lektoren, Übersetzer, Hörbuchsprecher und Illustratoren) ihre Dienstleistung an, um Manuskripte zu verbessern oder die Vielfalt zu erhöhen. Autoren vereinbaren direkt mit den Literatur-Partnern die Konditionen ihrer Zusammenarbeit und partizipieren gemeinsam am Erfolg des Buches.

Das gesamte Verlagsprogramm von tredition ist bei allen stationären Buchhandlungen und Online-Buchhändlern wie z. B. Amazon erhältlich. e-Books stehen bei den führenden Online-Portalen (z. B. iBookstore von Apple oder Kindle von Amazon) zum Verkauf.

Einfach leicht ein Buch veröffentlichen: **www.tredition.de**

Eigene Buchreihe oder eigenen Verlag gründen

Seit 2009 bietet tredition sein Verlagskonzept auch als sogenanntes "White-Label" an. Das bedeutet, dass andere Unternehmen, Institutionen und Personen risikofrei und unkompliziert selbst zum Herausgeber von Büchern und Buchreihen unter eigener Marke werden können. tredition übernimmt dabei das komplette Herstellungs- und Distributionsrisiko.

Zahlreiche Zeitschriften-, Zeitungs- und Buchverlage, Universitäten, Forschungseinrichtungen u.v.m. nutzen diese Dienstleistung von tredition, um unter eigener Marke ohne Risiko Bücher zu verlegen.

Alle Informationen im Internet: **www.tredition.de/fuer-verlage**

tredition wurde mit mehreren Innovationspreisen ausgezeichnet, u. a. mit dem Webfuture Award und dem Innovationspreis der Buch Digitale.

tredition ist Mitglied im Börsenverein des Deutschen Buchhandels.

Dieses Werk elektronisch lesen

Dieses Werk ist Teil der Gutenberg-DE Edition DVD. Diese enthält das komplette Archiv des Projekt Gutenberg-DE. Die DVD ist im Internet erhältlich auf **http://gutenbergshop.abc.de**